imaginist

想象另一种可能

理
想
国
imaginist

KARL OVE KNAUSGÅRD

在冬天
OM VINTEREN

【挪威】卡尔·奥韦·克瑙斯高 著　　沈赟璐 译

上海三联书店

致未出生女儿的一封信

12 月 2 日

十二月

15　月亮

18　水

21　猫头鹰

25　水猿

29　初雪

34　生日

37　硬币

40　克里斯蒂娜

43　椅子

47　反光物

52　管道

55　乱

59　冬之声

62　圣诞礼物

65　圣诞老人

69　客人

73　鼻子

78　毛绒玩具

81　寒冷

84　烟花

致未出生女儿的一封信

1月1日

一月

97　雪

100　尼古拉·阿斯楚普

103　耳朵

106　比约恩

109　水獭

113　社交

117　送葬队伍

120　乌鸦

124　设限

128　地穴

131　冬天

134　性欲

138　托马斯

141　火车

144　耶奥格

147　牙刷

151　"我"

155　原子

159　洛基

164　糖

致未出生女儿的一封信

1 月 29 日

二月

179　腔体

182　谈话

185　本地

188　棉花棒

191　公鸡

196　鱼

199　靴子

203　生活的感受

206　J.

210　公共汽车

216　习惯

219　大脑

222　性

225　方恩

229　消失点

232　1970 年代

235　篝火

238　手术

242　窨井

246　窗户

致未出生女儿的一封信

12月2日

　　12 月 2 日。整个夏天和秋天你都躺在妈妈的肚子里，被水和黑暗包围。你已经历了胎儿发育的不同阶段，在外形上度过了人类物种的进化。你像一个史前的、虾一般的生物，脊柱的形状像尾巴，身体只有一英寸长，皮肤尤其薄，薄得可以清晰照见身体的内部结构，就像那种透明的塑料雨衣。未来有一天，你也会看得到这样的情形，或许你会和现在的我有相同的想法，这样的小身体有些让人晦涩难懂，或许是因为透过皮肤看到身体会让人有种不自然的感觉，而这样的雨衣竟然是附着在我们身上的一层皮肤。随后你的身形慢慢变为最初的哺乳动物的模样，此时脊柱已经不再是主要的特征，取而代之的是你的脑袋，与弯曲细小的身体还有极瘦的四肢相比，脑袋显得巨大无比，四肢如同植物的根茎一

3

般细瘦，更不用说针尖般细小的手指和脚趾了。你的面部特征尚未形成，眼睛、鼻子和嘴巴还只能凭感觉来猜，就像是一座尚未定型的雕塑。然而，这些细节不是从外而内，而是从内而外地发生着变化，你在不停地变化着，在血肉中慢慢成长起来。六月的尾巴，我们一家在哥特兰岛上度假，住在法罗岛上森林深处的一栋小房子里，当时所看到的你，就是这般模糊却又独一无二的面部特征。岛上的空气弥漫着咸味，海上传来的声音在树干之间回响。我们早晨会在狭长的波罗的海海滩上游泳，然后在那附近的户外餐厅吃晚餐，晚上就回屋子里看电影。当时你的大姐已经九岁了，二姐七岁，哥哥五岁多，快满六岁。他们总是吵吵闹闹的，尤其是两个女孩，她俩年龄相仿，始终有种想要保持距离的感觉，有时候爆发争吵，有时候会打起来。但她们去海滩的时候从来不这样，游泳的时候从来不会争吵，那会儿她俩如胶似漆，只要进了水就能前嫌尽释，所有的不快都抛诸脑后，只顾着玩就好。她俩都特别宠爱自己的小弟弟，打心眼里觉得他可爱，偶尔还会说，假如不是弟弟，长大了要嫁给他之类的话。两个月后他上学了，那是大约八月底的时候，你仍旧

4

是黑乎乎里的一坨小东西，脑袋和身体比起来就是庞然大物，双腿像是小小的树枝，不过脚趾和手指上长出了指甲，而且还能动一动，说不定你还会把大拇指塞进嘴巴里吮吸。你对这个世界一无所知，不知道你自己身在何处，也不知道自己是谁，但你一定模糊地、依稀地能知道你自己是怎么回事，因为你在各个阶段是不一样的，当你将小手从嘴巴里吐出来，不得不悬在脑袋上面的时候，你或许没有任何感觉，那种能区分出这是这、那是那的差别，是一切意识的出发点。但最多可能也就这样了。所有穿透你的声音，人声、引擎的噪音、海鸥的叫声，还有音乐、重击、刮擦和尖叫声，都沉入黑乎乎的水中，这些东西可能你分不清楚，以为是你自己的，因为对你来说，你和你的周围没有任何分别。你只是一个向外延伸、不停生长的小东西。你就是那片黑暗，你就是那团水，你就是妈妈在上楼梯时产生的砰砰声。你是热量，你是睡眠，你是醒来时的微小差异。

　　未来你会看见你哥哥第一天上学的照片，其中一张挂在餐厅的墙上，他们三个穿着新校服，站在夏末蓝色的天空下，在那张照片里各自带着不同的笑容，背景是花园，在晨光中闪烁着绿色的光芒。

听起来像是田园诗般的幸福生活。事实的确如此，在法罗岛沙滩的岁月和开学的第一天都是美好的日子。但是一旦你读到这篇文章，假如一切顺利，分娩也正常的话，这是我所希望并相信但不能保证的，假如你读到了，亲爱的，你就会知道，美好并不是生活的本来面目，阳光和欢笑并不是惯例，尽管它们确实存在。我们彼此互为牵制。我们所有的感觉、需求和欲望，我们整个个体的心理构造，以及各种奇怪的角落和硬壳，一旦在幼年时固化，几乎不可能再解开，这些都会与他人的感受、需求和欲望以及他们的心理构造对立起来。虽然我们的身体简单灵活，能使用最纤薄上乘的瓷器品茶，我们的言行举止也很得体，通常能厘清各种情况对我们的要求，但我们的灵魂却像一头恐龙，庞大如房屋，动作沉重缓慢，在受到惊吓或感到生气时，它们是致命的，可能会毫不犹豫地做出伤害或杀戮的行为。描述这个画面，我想说的是，即使一切表面上看来都可以接受，但在内部总是有截然相反的事情发生，而且规模完全不同。外在的一个词语只是一个词语，落在地上就会消失，但它可以在人的内心世界转变为一个巨大的东西，并在那里停留很多年。一件事，从外部来看只是一件事，往往可以被原谅，而且通常很快就过去了，但它在内心可以变得至关重要，有时带来恐惧，有时产生痛苦，两者都令人压抑不前，有时反过来促生傲慢，傲慢并不会令人压抑，但可能会导致堕落。我认识一些人，有人每天都要喝一瓶烈酒，有人像吃糖果一样服用精神药物，有人试图自杀——一个想在阁楼上吊，但是被人发现了；另一个吃了过量的药物躺在床上，后来被救护车送去了医院。我认识他们，有人曾长期住在精神病院，有人患有精神分裂症，有人患有躁郁症，有人患有精神症，还有人生活完全无法自理。有些十分痛苦的人，他们把自己的停滞或退步归咎于他人，归咎于那些发生在十年、二十年或三十年前的事情。我还认识一些人，有人对亲人使用暴力，有人则忍受一切，因为对生活不再抱有期待。

所有的悲惨与苦难、痛苦与失格，也是生活的一部分，它们无处不在，只是不容易被看到，这不仅是因为它们起源于内心，也因为大多数人都在极力掩饰，更因为要承认它们的存在是如此痛苦：生活应该是光明的，生活应该是轻松的，生活应该是孩子们奔跑在海边的沙滩上，应该是在开学第一天微笑着站在照相机前，充满期待和激动的模样。

对于父母来说，第一次带孩子上学是难忘的，也是心碎的，因为接下来的十五年里，他们大部分时光都将在这里度过，然后自食其力。未来我们也会陪你来到这一天。我认为，他们应该学会怎样和他人相处，其实知识本身并不那么重要，或早或晚都能学到。几年前，你的一个姐姐经历了一段艰难岁月，我只能眼睁睁地看着，却无能为力。你姐姐喜欢和学校里几个女孩子待在一起。有时她们凑在一起玩儿，她整个人都洋溢着快乐，但有时候她们不在一起，这时候她就会一个人去花园散步，或者独自在图书馆读书打发这段时间。我什么都做不了。我确实可以找她聊聊天，但首先，她不愿意和我聊这件事；其次，我又能说出什么对她有帮助的话呢？说她特别特别好、特别特别漂亮吗？还是说这只是生命初阶段里一段无足轻重的插曲，未来还会有我们和她都无法预料的精彩展开？我觉得她很好，很有趣，很聪明，但如果她的朋友不觉得那也无济于事。有天晚上，我们一起出门散步，我和她两个人，那次她问我，我们有没有可能搬家去别的地方。我问她哪里，她说，澳大利亚。我在想，这或许是我们能去的最远的地方了。接着我又问，为什么是澳大利亚。她说那儿的学生要穿校服。"那你为什么想穿校服？"我不解。"因为大家都穿得一样了。"她告诉我。"这很重要吗？"我还是没懂。"因为我就算穿了新衣服，也没有人夸我的衣服好看，"她说，"其他人穿新衣服的时候，她们都会夸。难道我的衣服不好看吗？"她边说边看着我。"好看，"我把目光转向其他地方，因为我的眼睛有点湿，"你的新衣服特别好看。"

你以后也会遇到困难，但那些距离你还太遥远了！现在才十二月，到你出生还有三个月，之后的几年里，你会完完全全地依赖我们，生活在一种共生的状态里，直到八月的某一天来临，我们也会在你入校第一天送你去学校。当你读到这篇文字时，已经过去好多年了，这些文字会成为你诸多回忆里的一项。

昨天气温骤降，到夜里只有零下了，所有的水塘都结了冰，车窗上覆着厚厚的霜。睡觉前，我去院子里站了站，抬头看看天空，天朗气清，满是星星。我回到房间里，琳达躺在床上，半个肚子露在外面。"她在踢我。"她说。"她"就是你。可能她还会再踢一次？我看着琳达的肚子，就在几秒钟之后，我看到肚皮上小小鼓起的一瞬间，就像一个起伏的微小波浪，如同一只海洋生物在海面下移动时激起的波纹。那是你的脚在肚子里往天花板踢呢。假如你现在出生，尽管身体很小，但也可以存活下来。睡觉的时候你会做梦，也会开始辨别听到的不同的声音。

你或许已经开始感知到外界的一些事物了，如果你可以思考，那你或许会以为，世界是由一个阴暗的小房间构成的，里面装满了水，你就在其中漂浮着，所有外界的事物都保持着纯净的听觉感受，由各种各样的声音组成。这就是宇宙，你只是其中孤零零的存在。外界的我们也是如此，我们孤零零地待在一个装满星星和星球的巨大的黑色房间里，在房间外有各种声音，仿佛来自一个更大的房间，一个我们永远也无法穿透的房间，但随着时间的流逝，或许在宇宙的尽头，也只有在尽头才能听清楚那些声音的源头。

奇特的是，你虽然存在于这个世界，但对这个世界的模样一无所知。奇特的是第一次看见天空和太阳，第一次感受到空气拂过肌肤，第一次看见一张脸、一棵树、一盏灯、睡衣还有鞋子。在我的生命里，这些第一次几乎不会再发生了。但很快就有了，那便是几个月后，与你的第一次见面。

十二月

月亮

　　月亮是一颗巨大的岩石，远远地伴随着地球绕着太阳飞行，它是我们附近唯一的天体。我们常在傍晚和夜里见到它，这是它在反射被遮挡住的太阳的光线，所以月亮看着闪闪发亮，仿佛天空的最高统治者。有时月亮看起来遥不可及，像远方的一个小小球体，有时它靠得较近，有时又像一个巨大的发光圆盘挂在树梢上，像一艘驶入港口的船。我们可以用裸眼看到月球的表面是凹凸不平的，有些区域是亮的，其他部分则是暗的。在望远镜被发明之前，人们认为暗区是海洋。还有一种看法，认为那是森林。而现在我们知道，阴影处其实是大片的熔岩质平原，它们曾经从月球内部涌出，在硬化之前填满了月球表面的陨石坑。如果用天文望远镜对准月亮，你会发现它是一片没有生命的不毛之地，满是灰尘和岩石，仿佛一个巨大的采石场。寂静和静止主宰着月球，从未有一丝微风惊扰过它，如同一个世界在生命诞生之前或消失之后的永恒图像。这就是死亡的样子吗？这会是我们的终点吗？或许吧。在地球，我们的身边充斥着丰饶的生命，爬行类也好，飞行类也好，死亡带有某种和解的意味，好像它本身也是万物生长与扩张的一部分，是我们死后的归去之所。但这只是一种幻觉，一种幻想，一个梦境。星际宇宙是虚无的，是完全空无一物的暗黑存在，其中只有永恒与无尽的孤独，因为月球与地球的相似性，我们可以短暂地瞥见，这就是等待着我们的东西。月亮是所有死者的眼睛，盲目地挂在空中，对人世的嘈杂视若无睹，生命浪潮便在它下方的地球上起伏。但也不一定，因为月球离我们如此之近，人类可以前往月球，就像前往一个偏远的岛屿。登陆月球需要花上两天的时间。月球曾经离我们非常之近。现在它距离我们三十多万公里，但在月球最初形成的时候，这段距离只有两万公里。天空中的它一定是个庞然大物。想想从远古时代至今，地球上出现的各种奇特生物，它们最显著的特征令自己能够满足环境的物理要求，跨越短距离的空间所需要的特质，不需要太多调整就能出现，就像地球上的生命总是能够跨越漫长的距离，抵达最遥远的岛屿，将生命带到那里。常见的马尾草，一种最原始的史前植物，它的叶穗能否进化出一种旋转的方式，带着种子飞出大气层，在太空中缓慢飘浮，直到几周后轻轻落入月球的尘埃？还有水母，它们不能离开海洋，像钟声一样盘旋在空中吗？活在空气里的鱼会比深海里那些看不见的发光鱼类更奇异吗？更不用提鸟类了。这样一来，月球上的生命就有些类似地球上的生命了，但仍然会有所不同，就像激进版本的加拉帕戈斯群岛。月球上的鸟儿不需要氧气，也几乎没有重量，它们会成群结队飞到地球的上空，从远处看去像一群微小的斑点，然后慢慢变大，挥着纸片般薄薄的、巨大的翅膀飞过田野，在月光下闪闪发亮，让每个看到这一幕的人都感到神圣而又骇人。

水

每一天水都会盛在大玻璃瓶里，放在桌子上。完全的干净、透明，自身无形。假如我往孩子们的玻璃杯里倒水，它立刻就会沿着杯壁塑形。如果我把水洒在桌子上，那么它会流过整个台面，微微鼓起，然后滴落在地板上，毕竟这就是水最典型的特征，它总是会想方设法寻觅整个空间里的最低点。如果屋外下雨，雨滴会沿着窗户缓缓滑到窗框上，慢慢聚集成块状，然后分散并落在下面的石板上，而盛在玻璃杯中的水，则被孩子们贪婪地贴在嘴唇上，慢慢地流入他们的喉咙里。水这种液体，无色无味无形，如此易于掌控，完全受周围环境的摆布，很难相信它与每年秋冬季节冲过海岸线，并用巨力冲击陆地的海浪有所关联，那是泡沫构成的地狱，充满咆哮与轰鸣。水和海浪之间的关系，就同蜡烛烛芯上静静升起的小火苗与绵延数千里、将整片森林扫荡成废墟、所及之处无一生还的大火的关系一样，难以置信，但的确就是如此。水可以流淌在桌子上，也可以从水龙头里奔涌而出。水能让街道发亮，能把土地的色泽调暗，能让草地闪烁着微光。水在小溪里汩汩流淌，从悬崖上冲泻而下，静静地栖息在森林中间的巨大水潭里。水还将七大洲环绕起来。孩提时，当世界对我们而言还是一个新事物时，我们会被有水的地方吸引，去池塘、小溪或是小水塘玩耍。那时候没有人会去想水到底是什么，但它用某种东西填满了我们的内心，一种悬念，一种奇特而又戏剧化的东西，一种黑暗。水是边缘，是我们的世界结束的所在，即使它只是离灯火通明的房子几百米外的森林里的一个水坑，或是在小码头边的混凝土桥下，三月的夜晚我们在那里从一块浮冰跳到另一块浮冰，带着奇异的兴奋穿梭在蓝色的黑暗之中，靴子和裤子因为潮湿而沉重，手掌因寒冷而发红。过了三十多年后，我回到那个地方，遇见了当时最好的朋友。我问他是否记得我们当时在浮冰上蹦跶的情景。他冲我点点头，和我一样惊讶我们真的做过这件事，其实我们很可能会死在那里。接着他告诉我一件前一年发生的事情。那天他还是沿着同样的路回去，当时是冬天，夜里挺晚了，天空下着雪，能见度很低。他正好在过桥，没想到黑黑的水底深处居然有光。他探了探身子，这么晚水底究竟有什么东西会发光呢？原来是一辆车，脱离了道路，应该刚刚沉下去没多久。他打了救护车的电话，车到了，潜水员跳下去找车，最后把司机抬了出来，可惜那人已经溺水身亡了。第二天车也打捞上来了，尽管我没有亲眼见到，但脑海里可以清晰地浮现，水流如何从悬吊的车身开口处喷涌而出，溅起的水花打在黑色的冰面上，雪花旋转着落下来，融化然后消失。

猫头鹰

好多猛禽的脸都是外凸的，在某种意义上具有空气动力学的特征，就像在飞行中伸展身体一样，嘴巴长得和箭头似的。但猫头鹰的脸却是扁圆扁圆的，喙很小，和鼻子倒是有点像。围绕在脸上的羽毛圈增强了脸部平坦和圆润的感觉，仿佛是在给脸部清扫出空间，就和在树林中开辟空隙一样，这样使得猫头鹰的脸显得无遮无掩，有点像一个老人的脸。也许这就是为什么民俗文化认为猫头鹰是不祥的鸟，并总是与死者的力量联系在一起：当猫头鹰在房屋附近尖叫时，很快就会有人死去。其他猛禽只是猛禽。虽然有传言说老鹰可能会带走小孩，被认为是危险的象征，但鹰却从不和不祥挂钩。这是因为老鹰自成一体，它的外形和动作是一个统一的整体，它强有力的爪子撕开动物的身体，黄色的嘴巴因沾染血液而变红，双眼毫无人性地锁定前方目标，它淡漠而又冷血，它的残忍是可预料的。不祥则与不可预料有关，与矛盾有关，与偏离方向的事物有关。猫头鹰虽然也是猛禽，但它的脸却长得像一位老者。尽管猫头鹰的眼睛也爱盯着前方直视，但它的眼睛又大又圆，而且因为有眼睑，所以它还会眨眼。我在野生动物公园看到过一只猫头鹰，它突然眨了下眼睛，虽不至于震惊，但也是让我感到非常不安的一瞬。我从未想过鸟类会不会眨眼的问题。这只猫头鹰是一只雕鸮，身体和婴儿一样大，它突然间的眨眼，将鸟类形态切换成了人类形态。再加上它完美的平静，给人的印象是它好像明白些什么，掌握了某种知识，比我们周围的任何事物，包括笼子边上被太阳晒着的柏油路，售卖冰淇淋、饮料和热狗的小卖部，以及推着放着背包或是小孩的小推车的家长们都来得更深刻，更真实。正是这一点使得猫头鹰在罗马神话中成了密涅瓦的伴侣，密涅瓦是掌管智慧、音乐和诗歌的女神。黑格尔在写密涅瓦的猫头鹰只在暮色降临时飞行时，他所想的便是智慧。可以理解为智慧或洞察力追随着事件，就像夜晚总是追逐着白天的脚步，也可以理解成智慧属于黑夜、黑暗、晦涩、沉睡，属于接近死亡但还没有死亡的事物，属于民间传说中猫头鹰游荡的边缘地带，它们用嘶鸣向活人的世界预示死亡的到来。当然也可以说，猫头鹰和诗歌的神话联系源于同样的边缘地带的象征。然而最让人震撼的并不是猫头鹰代表了什么，而是它们本身作为鸟类的本质。因为无论是围绕猫头鹰的外形，还是它们穿梭来去的阴森世界，这其中没有一个概念属于它们的本性，属于它作为猛禽的冷漠和本能。猫头鹰以捕杀小动物为生，它们用爪子将小动物撕成碎片，然后整个吞入。那些它们无法消化的部分，例如骨头和表皮，会通过反刍变成小球排出，森林的地面上就能看到。猫头鹰的一切都是为了捕猎服务，脸部周围的羽毛圈也是如此，这个圈能够像一个漏斗一样捕捉声音，与老式助听器的工作方式没有什么不同，因为猫头鹰在狩猎的时候需要听音定位。它们的耳朵不对称，因此可以更好地定位声音的来源。猫头鹰的夜视能力要比我们好一百倍，它们的羽毛非常柔软，在飞行的时候几乎无声无息。这样它们就能在无声的黑暗中寂静地掠过森林，不会撞到树干和树枝，飞到地面上找寻猎物，在爪子切入猎物前不会引起任何警觉。猫头鹰无非就是一种沉默又高效的猛禽。如果诗歌的真正任务是启示，那么这就是它应当揭示的，现实就是现实。森林中茂密的云杉和白雪覆盖的地面是真实的。落日下的暮光是真实的。猫头鹰从树枝上起飞掠过田野是真实的。无声地拍打翅膀是真实的，传到它耳朵里的、对我们而言无形亦无声的声波是真实的。飞行中突然的变化是真实的，扑向地面时爪子先落地的动作是真实的，被利爪穿透的老鼠是真实的。当它拍动翅膀，穿过黑暗，在树干之间飞起，下一刻消失得无影无踪，老鼠灰白色的皮毛与红色鲜血的映衬是真实的。

水猿

人类与其他哺乳动物的区别并不大，大部分差异只是程度的问题，例如语言，在人类中已经发展成为一个极其复杂的系统，但猴子、猫、海豚、马和狗——甚至是像蜜蜂这样离我们很远的生物——它们也有语言系统，只不过形式极其简单。还有在工具的使用方面，人类已经发展到可以建造介入并取代身体工作的机器的程度，其他动物也会使用工具，但是以完全原始的形式。我们对空气、水、阳光和营养有同样的需求，我们通过同样的身体开口排泄同样的废物，我们有同样的基本感觉，饥饿、口渴、热、冷、繁衍的冲动，可能还有同样的额外的情绪，对其无需有所行动，因此它们持续累积，直至过剩，如满足、喜悦、悲伤、渴望。一只鸟被遗弃后是否会感到胸口疼痛，我们不知道，但狗会，这是毫无疑问的。人类和其他哺乳动物最大的区别或许是人类的身体没有皮毛，但这并不是绝对的，大象和犀牛只有皮肤没有皮毛，这一点同样适用于几乎所有的海洋哺乳动物，比如海豚、海豹和鲸鱼。问题是为什么只有人类、海豚和大象没有皮毛，而其他所有哺乳动物，甚至包括我们最亲近的生物亲戚，猿猴，却有这一特质呢？德国病理学家马克思·威斯滕霍夫（Max Westenhöfer）在20世纪30年代提出了一个理论，即人类是从被迫放弃树上生活的猿类进化而来的。这是学界普遍认同的观点，但它与古人类学中流行的观点相反，后者认为这些猿类生活在类似大草原的陆地环境里，经过数十万年进化成人类。威斯滕霍夫还认为，这些猿类曾被迫远离故土，生活在水中，许多具体的人类特征都源于这些原始人早期对海洋生活的适应，并在他们重返陆地后仍然保留了下来。但这一理论并未得到广泛的支持，这个想法也一直没有在公众生活中出现，直到20世纪60年代，英国海洋生物学家阿利斯特·哈迪爵士(Sir Alister Hardy)在威斯滕霍夫的观点上提出了类似的理论，即猿类进化成一种半水生生物，生活在河流和海滩地区，就像水獭或河马一样。否则为什么人类会进化出无毛的皮肤，这在陆地上没有任何优势？为什么人类幼儿要到一岁左右才能学会走路，而其他哺乳动物则不然？为什么人类幼儿具备闭合反射，能够在水下自动屏住呼吸？从陆地到海洋的转变在进化史上也并非闻所未闻——鲸鱼是与现在的绵羊、山羊和鹿有关的陆生动物的后裔，逐渐开始适应水中生活，最终完全离开了陆地，大约五千万年前，海豹经历了同样从陆地生物到海洋生物的演化。生活在水边，几乎所有食物都来自大海、湖泊或河流的原始人类，随着演化的发生，以缓慢得不可思议的速度变得越来越适应水中生活。他们很快就将所有的时间都花在游泳、潜水、戏水上，经过几十万年难以察觉的变化，变得与他们的猿类近亲完全不同，他们在水中产下后代，没有毛发，有的雄性甚至像海豹一样秃头，突出的鼻子可以保护呼吸道免受水的侵袭，还有两条长长的、可以像船桨一样划水的腿，脚掌平坦宽阔。这两种情况都有可能发生，因为如果水猿像鲸鱼和海豹一样留在水里，它们最终将能够摆脱与陆地的最后联系，游到大海中，今天人们就会在海里看到它们，数百只类人海洋哺乳生物成群结队地漂浮在水中，或是躺在礁石上，手指和脚趾连成一片，无毛，苍白，四肢狭长，胸膛因为巨大的肺部而生得十分宽阔，其中许多还很肥胖，身上长了一圈圈的肥肉，用一种奇怪的语言急促地说着什么，近乎歌唱。

初雪

　　如果家里有孩子，大家会急切地期待第一场雪。即使在这里，在斯堪的纳维亚的极南端，这个大多数冬天都完全或部分无雪的地方，人们对下雪的期待也很强烈。孩子们将冬天，尤其是圣诞节，与雪联系在一起，尽管他们只经历过一次真正有雪的冬天。电影和书籍中有关冬天的意象，覆盖了现实中的雨天和刮风的日子，而且似乎比它们更真实，这说明儿童的世界很容易向现实之外的事物开放，并且如此充满希望。

　　昨天下雨，下午转成下雪。大朵大朵湿漉漉的雪花从灰色的天空降落，天空中仿佛发生了一场突如其来的雪崩，孩子们立刻就察觉了。下雪了！他们一边说一边跑去窗边站着。雪却没有积下，一落地就化开了。孩子们跑到花园里，抬头安静注视着无法被光线穿透的灰暗天空，白色的雪花从那里落下，但他们无法用上，于是没过多久他们又回到屋子里。雪花逐渐开始在石板路上堆积起来，慢慢地，一层薄薄的灰白色雪泥覆盖了小路。有些积雪最集中的地方，颜色像是略带灰色的白，另外一些地方则会化成水，形成小小的水洼。草地仍旧绿得出奇，在一片灰蒙蒙中闪闪发光，光彩夺目，几处积水的浅滩泛着浅淡的白色。温度肯定稍稍上升了一些，因为雪花变得更灰了，再次接近雨水的状态。与此同时，草地上泛白的阴影越来越分散，最终完全消失不见。我们吃晚饭时，外面正在下雨，唯一让我想起白雪以及与之相关的雪橇还有雪洞的希望的，是石板路上的凹槽里闪着微光的灰色纹路。

今天早晨开车去学校，我们穿梭在湿漉漉的土地上，经过一片深褐色几近于黑色的田野和黄色的草甸。我在想，那些发生过的事情，如果没有留下任何痕迹，那就像是犹豫不决和优柔寡断本身的体现，还有摇摆不定，因为在事件的顺序中，有一种深深的熟悉感。在夏日的辉煌和秋天的果断清扫过后，冬天似乎没有任何自信，冬天的降雪和结冰，与一个拙劣的魔术师有何区别呢？将雨变成雪，让水结成冰，这是冬天所能做到的一切，但实际上这根本算不上什么，因为这种变化并不持久，也并非实质性的，只是表面而已。夏天，以其所有的光和温暖，使植物生长，这是一个反复出现的奇迹，无疑具有持久的价值，因为它为动物和人类提供了食物，从而维持了地球上的生命。但是雪呢？冰呢？它们反倒妨碍了生活！当然了，冰雪看起来还是赏心悦目的，孩子们也可以在里面玩耍，却很难在其中看到高贵品质。冬天像不像一个衣衫褴褛、醉醺醺的马戏团团长，带着他的拖车和露营车四处游走，为人们提供消遣，几个小时中，让他们或惊呼、或赞叹地摇头，但实际上并没有什么值得惊讶或欣赏的东西。另一方面，冬天想，下雪是我唯一能做的事情，而且我可以把这件事做得很好，又何必要把自己和夏天做比较呢？我们就像白天和黑夜，像太阳和月亮。如果我不下雪，那我是谁？谁都不是，谁也不是。该死的自以为是的夏天就此取得永恒的胜利。没有人会对这个自以为是的白痴做出任何抵抗。

　　所以冬天决定下雪。一点不少，毫不犹豫，也绝不小心翼翼，因为它知道雪是它的全部，它要用雪向整个世界展示自己。冬天着手用雪填满整片景观，完完全全地覆盖，让每个人都忘记夏天，唯一重要的只有这冬天。哦，他们会冻僵，会滑倒，他们会铲雪，会犁地。学校会关闭，汽车会卡在沟渠中，人们会对着天空挥舞拳头，咒骂冬天。

然后便开始下雪了。但随着天空慢慢被填满，冬天发现自己是多么可悲，多么渺小，有一段时间它试图通过增加压力来弥补，让更多的雪花飞舞起来，但这么做只会显得更加愚蠢——他们一定在想，是怎样虚荣的傻瓜才会认为，在世界上撒下一把白色粉末，就能改变什么？雪什么都算不上。什么都不是！这么做并不会让它有任何意义。

但也许还为时不晚。如果雪一落地就融化了，也许没人会注意到。

雪一落地就融化了。冬天羞愧地转身离去。落下的雪变成雨。很快，刚刚发生的所有迹象都消失了。在数天甚至数周里，冬天都在诅咒自己，与此同时，它容许秋天继续维持中等的温度、雨水和风。慢慢地，不知不觉，冬天的内心有了些许改变，它原有的骄傲又回来了，它想念它的行动，想念它的本性，开始渴望闪闪发光的、白雪皑皑的世界，森林中白雪覆盖的小屋和道路两边的雪堆。这一次的冬天很平静，不像上次那样慌乱近乎狂热——是什么影响了它？它对自己和自己的力量充满信心，雪再次落下，这次落在结霜的地面上，不会有任何一片雪花融化和消失。

生日

　　每天我在四到五点之间起床，然后工作几个小时，等房子里的其他人醒来。今天我在床上躺到七点。我这样做是因为今天是我的生日，倒不是因为我想奖励自己睡得久一些，而是因为我不想让孩子们失望。他们一直期待着生日仪式，一大早鱼贯进入我的房间，给我唱生日歌，捧着蜡烛、早餐盘和各种礼物。我在床上清醒着躺了一会儿，听到他们在厨房里忙忙碌碌，沙沙作响，一阵激烈的耳语过后，楼梯上的脚步声响起，歌曲开始了。当他们进来时，我闭上眼睛坐了起来，让自己看上去由于刚睡醒有些眩晕的样子。"生日快乐！"他们说道。当我打开礼物时，他们兴奋地在一边看着。"我前一天在于斯塔德亲自买的，晚上交给了琳达。"原来是一副皮手套和一件厚厚的棕色毛衣。"这么好的礼物！"

我说，"非常感谢！"拆完礼物后，他们开始觉得索然无味，很快回到自己的房间里去。我其实不喜欢在床上吃早餐，它违背了各归其位的强烈意识，孩子们一走出房间，我就起身穿好衣服，把餐盘拿到厨房里，站在流理台边上囫囵吞掉盘子里的面包卷，然后拿上我的咖啡杯进到餐厅，在桌边坐下，和他们一起吃早餐。

对他们来说，自己的生日是一年中最大的事件之一，也许没有之一。看到他们沉浸在成为一整天的家庭焦点的经历中，看到他们感觉到这一天是属于自己的，看到他们的喜悦——没有什么比这更让我感到高兴的了。我的生日除了以一种非常特殊的方式将时间聚集起来之外，并没有任何意义，因为它每年都会重来，而且不像其他重复的日期，生日这一天是被单独挑出来的。这感觉仿佛像是我在清晨进入了一个房间，从我记事起，每年都要进去一次。我认得出那天光线的变化，空气的温度，风景的不同状态，无论是下雨、下雪、起雾还是出太阳，一切都会唤起回忆。不是关于事件，而是关于情绪。就像现在，当窗外泛蓝的黑暗慢慢消退，我还记得那天坐在教室里，看着校园里的黑暗消退是什么感觉。当时的心情匆匆又不经意地抚过我的脸颊，就像阔别多年的故人重逢，然后再次消失无踪。

　　我已经经历了四十五个 12 月 6 日。如果没有意外或重病，那我还将经历大概三十次。我第一次意识到，一个人的寿命或许会与一个人的日子相适应，当一天里可能包含的所有变化的可能性都耗尽时，我们大致就会死去。到那时这个房间只由记忆构成，再没有任何新事物能够被想象出来。这就是"日子过得满满的"这个词语的涵义吧。

硬币

　　硬币像小小的金属圆盘，上面印有数字、字母和图案，图案通常是一张人脸或纹章。自古以来，硬币就是这样，古罗马帝国时期的硬币和今天的硬币并没有太大区别。硬币是一种支付手段，起初它的价值和制作的金属有关，通常是银币或铜币，也有金币，但现在硬币的价值已经不在于其材料本身，而是一个抽象的数值。这让硬币成了一种特殊的虚拟变体。当我们读小说、看电影或戏剧时，我们所读到的或看到的并不是作品本身，要让这种表现形式具有意义，我们又必须相信它。但是信仰离不开作品，它构成了一个自己独立的世界，而且信仰也并非是绝对的，我们时时刻刻都知道我们所看到的、所读到的并不真实，即使为了赋予其意义，我们假装它是真实的。硬币的话，它的虚构性更为激进，因为要相信它是其他事物，这一意识会产生现实世界的后果，而这些后果并不是虚构的，而是真实存在的。当然对它的信仰也并不是绝对的，毕竟我们始终都明白，硬币本身没有价值。整个社会建立在对硬币虚构的信仰之上，一旦信仰消失，社会就会崩溃，就像 1930 年代的德国一样，突然间没有人再相信钱有价值，于是最后钱真的失去了价值。

硬币一般会装在口袋里，或者钱包的一个封闭夹层里，但由于它们所代表的价值较低，大多数人对硬币持可有可无的态度，喜欢在洗裤子前清空口袋的杂物时，随手将它们放在洗衣机上或镜架上，然后就忘了它们的存在。当人们感觉到裤子口袋里的硬币，重得仿佛警棍一般，还时不时把裤子往下拽的时候，就会把硬币放在门厅的抽屉柜上，那儿也是钥匙经常存放的位置。硬币很小，但相对于它们的尺寸来说却很重，所以在你坐下时，它们很容易就从倾斜的口袋里滑出来，最后不知不觉地落入沙发或扶手椅的夹缝里，或者在你晚上更衣睡觉，把裤子挂在椅背上时，滚落到地板上。难怪在地球上，只要有人居住过的地方，就能找到老钱币，它们根本没法好好保管。

对于一个以创作小说为生的作家来说，看到硬币散落在屋子里、手心里、商店柜台上和收银台上，会觉得很奇怪，因为它们拥有如此巨大的力量，不断地用自己的象征价值与真实价值相交换，并且不断地在想象的领域和现实世界之间穿梭，同时它们又是如此的渺小，可以忽略不计。就这个角度而言，所有人都是作家，我们用金钱创造了整个社会。1970 年代的公交车司机扮演了一个特殊的角色，他肩上会挂着一个装满硬币的零钱机走来走去，分量很沉，叮当作响。里面的硬币堆放在一根根金属管中，有五克朗的，有一克朗的，还有五十克朗的，与一个装置连通，拇指轻轻一按就可以释放它们。他的操作灵巧又娴熟，不论是慢慢走过过道的时候，还是坐在方向盘后面，转头面对车门，等新的乘客上车的时候。他那么平静，那么自信，他是虚构之主，硬币的诗人荷马。

克里斯蒂娜

克里斯蒂娜的脸型瘦长，皮肤苍白有雀斑，发色偏棕，眼睛也是棕色。从锐利的眼白的粉白色和虹膜的玻璃棕色，到更亚光的皮肤的冷白色和雀斑几乎褪成米色的棕色，尽管这种和谐的色阶是遗传决定的，是她无意中拥有或存在的东西，但那仍然是她的典型特征，因为颜色和形状是她最典型的特质之一。她总是穿得很时髦，即使用度有限，也没投入很多时间或精力。她脸上最突出的是嘴巴部分，略微有些外凸，从两侧鼻翼延伸到嘴角的深深的皱纹强调了这一点，像两个括号一样，将嘴巴与脸颊分开。嘴唇很薄，而且经常张开，这样一来能看见牙齿。这种不规则性，即嘴巴只能通过额外的努力才能闭合并且必须谨记要这么做的特性，会在脸上造成一种紧张感，通常表达轻松的状态是需要花力气的，而看着花力气的动作却是放松的。她的鼻子很窄，颧骨很高，皮肤好像被拉紧了一般。这些特征给这张脸带来一种犀利的面相，但从没有人觉得这反映了她的个性，或者认为她是一个尖锐的人，因为她的目光中散发着一种温柔，一种令人愉快的东西。当她和别人交谈时，很少提起自己的事，大多都是聊对方的。关心他人是她的行事也是她的为人：克里斯蒂娜是一个将他人置于自己之上的人。她希望别人感到舒适，但我常常在想，她自己看起来并不舒服。她的脸上很少表达出满足感，也几乎看不到内心的宁静。当内在与外在之间达到平衡，当内在自由可以不受阻碍地流向外在，内心就会平静下来，反之亦然。对克里斯蒂娜来说，好像有什么东西总是被压抑着，永远都得不到释放，那种克制和控制的能量是她永恒的特质，无论多么温柔愉快，多么关怀谦虚，她总是充满紧张感。她的表情带着僵硬，动作则有些深思熟虑的，仿佛她的灵魂被迫填充在一个不完全属于自己的躯壳中，这跟有的马儿的状态非常相似，它们的身躯强健壮硕，几乎可以完成任何速度、野性和胆量的挑战，内心却羞怯、易感、极度紧张，两者形成鲜明对比，甚至让人觉得不合情理。人们会代入动物的角度，渴望废除所有的马鞍、缰绳、框架和马厩，所有精心设计的练习和表演，让它在平原上驰骋，摆脱一切，包括自己。

椅子

椅子是让人坐的，它由四条腿组成，上面搁着一块板，末端升起，形成靠背。所有这些元素都可以用不同的方式和不同的材料制成不同的形状，但其基本形状是固定且不可分割的。如果缺少其中一个元素，例如靠背，那它就不再是椅子，而是其他的东西，比如凳子。椅子和长凳还有沙发有关，它们都可以坐，但是也有显著的区别，因为椅子是只供一个人坐的，只能坐一个人，这是其属性的重要组成部分。椅子将我们隔开，仿佛房间里的一座小岛，只要有人拥有了它，别人就无法闯入它的领地。换句话说，椅子总是有所保留的，即便原则上来说它是对每个人开放的。这种既开放又保守的形式，在社会上随处可见，就好像每一个空缺职位都会有很多人参选，原则上每个人都有资格得到，但最终只有一个人能坐上那把椅子。因此，在众多儿童聚会中出现的椅子游戏，便是孩子未来所面临的社会的一种映射，一种练习。游戏由许多排列成圆圈的椅子组成，孩子们一边绕着椅子走，一边播放音乐，而椅子的数量总比游戏中孩子的数量少一个。当音乐停止时，所有的孩子都要抢椅子坐，剩下一个则坐不到椅子。那个孩子会被淘汰，接着再拿掉一把椅子，游戏继续，孩子们继续围着椅子绕圈，每轮都会有一个孩子被剩下。当最后一个孩子坐在最后一张椅子上时，游戏就结束了，他就像是坐在宝座上的国王。椅子自带的专属特性已经刻在了骨子里，这导致两个成年人若是共用一把椅子，会让人觉得不可思议，不论他们俩是挤着坐，还是一个人坐在另一个人的大腿上。孩子们可以这么干，但成年人不行。即便是情侣，如果在别人面前这么做也会引起不适，然而他们窝在沙发上或长凳上，紧挨着坐在一起倒是没问题。

椅子是权力的象征，国王有他的宝座，酋长有他的高凳，大臣有政府的专属座椅。但椅子也是每个人家里都有的东西，就像每个人，包括婴儿和老人，每天都会坐着。家中的所有物品都会定期使用，从楼梯和门把手、水龙头和咖啡杯到桌子和遥控器、皂液器和衣架，唯独椅子的特殊外观会从注意力中消失——当我们进入一个有椅子的房间时，我们心里知道椅子就在那里，但这种确定性常常不会进入我们的意识里形成清晰架构的思想。这就好像我们生活在一个阴影的世界里。这就是英格玛·伯格曼的电影《芬妮与亚历山大》中交替出现的画面，艾伦·艾德沃尔扮演的父亲很独特，他让父亲拉出一张椅子，以此在圣诞夜吸引孩子的注意力。"你觉得这是一把普通的儿童座椅吗？"说完这句话，他顿了顿。"当然不是了。"他继续说道。接着他就开始讲述起这张椅子的传奇历史了。"它曾经属于一位中国皇后。"他说着，孩子们张着嘴盯着他，眼神扑闪扑闪的。当父亲说完话，把椅子靠回墙边时，这把椅子在孩子们的眼中就不一样了，那感觉就好像它会永远活在孩子们的心中。这把椅子再也不仅仅是一把椅子了。这是非常美的一个场景，但也有点让人触景生情，至少对我而言，很难苟同这一道德原则，因为椅子终究是椅子，让它在黑漆漆的儿童房里闪闪发亮的东西并不真实，那闪光并不真的属于椅子本身，甚至和椅子没有半点关系，只是一个童话故事。这个场景与英格玛·伯格曼迄今为止在他的电影中所表现的一切相比，非常陌生，他在那些电影里不断试图剥除世界的幻觉，看透它们并还原世界的真实面貌。《芬妮与亚历山大》或许最应该被理解为一则寓言故事，讲述两股力量之间的较量，一股是加法，一股是减法，而伯格曼认为自己是一个加法者，他确信不论现实与否，极简与否，无论如何，创作始终是在添加一些之前不存在的东西。对于儿童房的孩子们而言，以后的日子里，椅子之所以闪闪发光，并不是因为父亲所讲述的那则故事，而是因为讲故事的人是父亲，因为在那个场景后不久，父亲就去世了，那个场景将会是在想起他时所浮现的画面，每次孩子们看见椅子就会想起他，他是少数打开世界而非关上世界的人之一。

反光物

对于动物来说，一个关键的生存技能一直是尽可能地与夜晚的黑暗融为一体。白天，当它们看得到周围环境的动态，并将其纳入考量时，有些动物还会特别张扬和吵闹，但到了晚上，重要的就是静止、隐形和沉默。所有的生命都在以这样或那样的方式适应这一要求。这在地球上已经存在了数百万年。从这个角度来看，汽车和火车所代表的危险属性是如此新鲜，以至于它至今还没有在动物的行为模式上留下痕迹。在有公路和铁路线的景观中，夜晚的隐形可能意味着猝死。我早上从家开车进入马尔默时，路上经常有动物的尸体，主要是刺猬、獾和猫，偶尔也有狐狸。这一幕让我心里一痛，但我没法沉浸在这小小的悲伤中，很快我就开始思考别的东西。在拿到驾照前，我不知道要在黑暗中看清路上的人有多难。没有穿戴安全反光物的人，无论从哪个角度看都是隐形的。我之前总觉得那些推广反光物用途的活动有些夸张，认为这是阻碍儿童自然生长发育的一种安全文化，它将一切都视为风险，但现在我完全明白了。当我在黑暗中开车时，我总是靠着中间线开。昨天也是这样，晚上十点，我们正从锡姆里斯港回家，有个女儿在那里有圣诞表演，所有家庭成员都过去看她。车子里一共坐了六个人，尽管满天星斗，但外面一片漆黑，浓得看不见，我开得很快，因为这条路我里里外外都熟透了。道路两旁是开阔的田野，完完全全藏在黑暗中，花园里的灯光稍许能照亮一些。在这条漫长笔直的道路上，我可以开到一百码，甚至一百一十码，中间有几栋小屋子打断了我的节奏，那块地区限速五十。穿过哈门霍格高地后，我们踏上了穿越平原的道路。突然，一只狍子蹿进了车灯的光束里，我立刻急刹车，勉强避开了它，但没有避开下一只。车子夹住了它的后腿，它就被这么粗暴地甩了出去，悲惨得难以形容。撞上我的车后，它从这条路直接被甩到了另一条路上，身体扭曲，瘸着腿，后腿荡在空中，前腿和头部压在沥青路面上，下一刻便消失不见。我把车停在稍远的停车处，沿着路往回走，但是一直没见到那只狍子。难道没事了？会不会它自己跑走了？接着我注意到路面上凸起的一个轮廓，盯了几秒钟之后我看出来了，就是那只狍子。它仿佛躺在那里休息，但还活着，因为头伸得很直，身体在颤抖。我拿出手机，拨了报警电话。手机的小小屏幕在黑暗中闪烁强烈的光。我一边说着自己的名字，一边看着那个在沟渠中颤抖的深灰色的轮廓，直到难以忍受，我才抬起头，看向满天星光。

管道

　　流动的东西需要通过管道运输。管道有各种尺寸和各种材料，从将水从湖泊输送到发电站涡轮机的巨型混凝土管道，到将血液从身体的一个地方输送到另一个地方的细如头发的管道。管道的特点首先是圆的，而且是中空细长、两端开口的。通过它的管壁，管道赋予液体一个形状，收集、浓缩，这样它们就不再遵循适用于液体的规律，不会扩散、下沉，或渗透、流走。管道和排水管也有关系，那是一种敞开的管子，没有盖子的管子，可以看见流动着的液体。电缆也是一种管道，它没有空腔，传输的物质不是液体也不是固体，很难说存在物理意义上的延伸，但它们是可以移动的，就像电流一样，从一个点移动到另一个点。这三种管子，管道、排水管和电缆，将我们的建筑连接起来，形成一个巨大的实体网络，这个网络像蛇一样盘踞在全球各地，不论地上还是地下。通过这种方式，它们保证了我们的自由：我们可以在家里自给自足，不必花时间和精力去获取我们需要的东西，不论是洗手用的水，还是每日新闻，或是排出我们消耗过的东西，例如粪便和洗澡水。另一方面，管道暴露了我们的依赖性，通向水龙头的管道不过是咽喉的延伸，抽水马桶的管道是直肠和尿道的延伸，将图像传输到电视机的电缆是眼睛的延伸，将信息传输到计算机的线路是大脑的延伸。我们生活在管道和线路的网络中，至于我们是否自由，这取决于在这张网上，我们是蜘蛛还是蜘蛛的猎物。我想说，我们两者都是，有时是蜘蛛，有时是它的猎物，这种变化是我们身上的基础特质，从我们躺在母亲的子宫里那一刻起，我们就通过脐带和她相连，脐带好似管道和电线的混合体，生存所需要的一切可以通过脐带传递。在我们出生时，脐带被切断，但它所代表的依赖性却以其他方式延续着，首先是我们对母亲的依赖，在她哺乳的时候，乳汁从她的体内通过无数细小的管道流进我们的嘴巴里，然后是对我们身边的人的依赖，前文提及的由管道和电缆组成的系统相连将我们连接在一起，如同北欧神话中的米德加德巨蛇，我们的余生都在不停重复着插拔这些管道的动作。我们的身体充满了液体，我们的生命依赖于这些液体通过数以千计的微小管道，从一个器官分配到另一个器官，这些管道大小不一，从管状的肠道到大脑中的毛细血管，所有的生命，即便是最原始的树木，也以这种方式被管道渗透。管道原理也许是构成生命的条件中最重要的一条，而人类则是芦苇的姐妹。

乱

我们是那种家里很乱的家庭之一。从我的表述中可以清楚地看出，我对此感到的困扰并不强烈，反而是平平淡淡的——我们跟许多家庭一样，可以将这种混乱扩散到更大的范围，从而减轻混乱，使其无伤大雅。其实并非只有我们家乱，我们这样的家庭从属于一个更大的集体，所以混乱本身就是常见的人类生存状况，不需要感到难为情。但这恰恰是我的感受。例如有人来敲门，我一开门拜访者便能瞧见我们的门廊，鞋子和靴子都不是靠墙排好或是放在鞋架上，而是散乱地倒在地上，窗户下的长凳堆满了各种各样的衣服，孩子们的手帕落在从浴室通往客厅的路上，楼梯下挨着墙壁堆起一座小山，有溜冰鞋、自行车头盔、骑马的头盔、马靴、健身包、双肩包，其中还夹杂着几片树叶、茎秆、草叶、泥土和鹅卵石，还有帽子、手套、围巾和袜子。每当这种时候我就会觉得难为情，真希望客人赶紧回去，这样在我心中飘荡的羞愧情绪，那种仿佛在购物中心或快餐店外飘来飘去的巨大充气人一样的羞愧情绪，便能渐渐平息下来。但那些到我们家来的客人，最多见的经常是孩子玩伴的父母，他们要么是来接自己家的孩子，要么就是送孩子来玩，所以也就自然而然地会邀请他们进屋，至少会进到门厅，等待孩子穿脱外套。每当这种时候我总会想，这是他们最后一次到我们家来，看到我们家有多乱了。有时候他们在门厅等，而孩子们还在楼上玩，有时候孩子们不愿意下楼，而我也不能像教训自己的孩子一样去劝说别人家不听话的孩子，比如哄劝、引诱、争辩、提议和威胁，那么他们的父亲或母亲就必须自己上楼去接，而楼上更乱。太可怕了。当然了，即便显然看到了我们周围的混乱，但所有人都假装无事发生。从来没有一位访客说："哎哟，你家也太乱了！我从来没见过这么乱的！难道你喜欢这样吗？该打扫打扫了！等你收拾打扫好了我再让提尔达过来玩。如果你也同意的话，你看这样行吗？"

家里的垃圾似乎遵从某种特定的规则，总是会集中在某些特定的地方。例如厨房的料理台上，装着咖啡杯、玻璃杯的碗橱下方，我们经常把信件放在那里，高高的一摞，越堆越高，不只是信封和广告、报纸和包裹，还有书本、玩具、袋子、塑料盒、袜子、钢笔、书签、发带、工具、螺丝、钉子、保险丝和灯泡。这堆东西的增长速度相比它们对面长凳上的那堆来说要缓慢一些，遵循的是一套截然不同的节奏，不像堆着如山高的碗碟的水槽，那里的东西会猛地蹿上来，好的时候只要过几个小时就全消失不见了，坏的时候可以不停地往上累加。二楼的杂物也几乎静止不动，主要由玩具组成，它们沿着长长的墙壁一直蔓延到房间的中央，只留下一条相对狭窄的小径给人通行。总的来说，我们的混乱蔓延的方式与雪在森林中的分布没有什么不同，在一些地方堆积在树干上，在另一些地方埋在很深的雪堆中，而在另一些地方又铺成薄薄一层蔓延开来。但是混乱在自然界中并没有意义，不论灌木生长得多么狂野，不论风暴或是火灾摧毁了多少树木。之所以如此，是因为自然界并不存在理想和现实两个层次，而是只有一个现实的层次。一户人家或一个家庭，它存在于现实之中，但却朝理想的方向延伸。所有的悲剧都源于这种二元性，所有的胜利也是如此。现在我心里就充满了胜利的感觉，就在几个小时前，为了迎接圣诞节的到来，我把厨房打扫洗刷了一遍，它在草坪的另一边，像黑暗中的火车车厢一样灯火通明，闪闪发亮。

冬之声

　　冬天漫步在森林中和夏天的时候感觉有天壤之别。早在秋天的时候，森林就变得空荡荡的，候鸟向南飞，整个夏天都在森林里沙沙作响的树叶掉落下来。当寒冷来临，溪流会结冰，从不止歇的潺潺流水声会中止——水声如果足够大，从远处听起来就像风声，如果溪水流过裂隙或者陡峭的山坡，听起来甚至像是咆哮。第一场雪覆盖下来之后，脚步踩过枯叶发出的最后的沙沙声也消失了，与此同时，其他更沉重的脚步声也被掩盖了。接下来的几个月里，这里一片寂静。但就如同原本苍白无名的颜色可以突然在白色的映衬下变得熠熠生辉，如果单独存在，森林中残留的零星声音也仿佛会在寂静的背景下变得越来越强烈。打个比方，乌鸦的沙沙声在夏天只是更大的声音织锦中的一个音符，但在冬天却可以占满所有空气，它刺耳、沙哑、看似充满辅音的叫声中的每一个细微差别都变得清晰起来：起初积极地拔高，随后低回收束，在林间留下一种时而忧郁时而心烦意乱的情绪。同样引人注目的还有自己的动作所发出的响声，仿佛整片森林都充满了合成材料表面微弱的似砂纸相互摩擦的声音，直到动作停止，那声音便也停止，一切恢复安静，就像人们已经习惯性无视的嗡嗡作响的引擎突然关闭一样。只有人的呼吸声还在继续，如同阀门微弱的嘶嘶声，此起彼伏，就像活塞运动一样，太阳穴和颈部的跳动以及从嘴里冒出的缕缕烟雾似乎都与此有关。这种念头在夏天是不可能有的，那时候人更多程度上是一个带有自己动作和声音的个体。但冬天不仅会掩抑一些然后放大另一些声音，它还有这个季节独有的、属于自己的声音，其中不乏一些世界上最美的声音。例如冰雪覆盖的水域结冰时低沉的隆隆声，通常发生在特别晴朗的白天或夜晚，寒冷更进一步加深的时候，这种声音带有某种威胁性的强大意味，因为寒冷的到来和任何可视的运动都没有关系。只有一动不动如钢铁般坚硬的水面，环绕四周参差不齐的黑色灌木，头顶在黑暗中闪烁的星星，还有脚下冰层发出的轰鸣。但冬天的歌中之歌，是冰刀切过冰面然后离开时发出的锋利的纵横交错的声音。曲棍球冰鞋的敲击声也很锋利，但稍显迟钝，当溜冰的人突然转身，冰刀对着冰面而非顺着冰面滑动时，会变成短暂的嘶嘶声，细碎的冰被甩出冰面，这种声音虽不宏大，但依然悦耳。更不用说当宽大的滑雪板在空中翱翔后，平行落地时那种温柔的闷闷的冲击声，这种声音由于被新雪掩盖，几乎是噗的一声，但又不完全是，可能更像咚的一声。所有这些声音都是冬天的特征，因为它们只存在于冬天，但仍然不能代表冬天，而只是冬天的某些方面。白色是没有颜色的颜色，所以在声音的世界里，白色相对应的必须是寂静。当白雪覆盖的森林静静躺在微暗的天空下时，它是完全静止的。当天空开始下雪，空中弥漫着雪花时，世界依旧是一片寂静，只是这种寂静有些不一样，它更稠密、更集中，那种声音不像是声音，更像是一种寂静的变体，是强化了或深化了的寂静，是体现了冬天本质的一种声音。

圣诞礼物

　　这天是小平安夜。今天早些时候我出去购物，首先是日常用品，包装精美、闪闪发光的圣诞食品装了整整六个购物袋，有水果、坚果、苏打水和啤酒，然后我进了一家玩具店和一家书店，给孩子们买最后的礼物。天空灰暗阴沉，即使没有下雨，风景也像是被湿气浸润了一般，这里的冬天每年都是这样：空气潮湿，土地黝黑，草皮闪着光，树木光秃秃的，还有稳定不变的风。现在我坐在办公室里，周遭全是各式各样的包装纸、胶带、便利贴和颜色各异的丝带，还有两堆礼物，一堆已经包好了，另一堆还没有。唯一的光线来自桌子旁边的落地灯，它照亮了桌子下面的一圈地板，越是外围越暗，角落里几乎没有光，让我感觉自己好像待在岩洞里。就在几分钟前，我坐在地板上剪开包装纸，把礼物放上去，包起来，再用胶带缠好，系上丝带，彼时我和这些事物产生了联系，它们和我之间似乎没有界限，彼此处于同一个动作的旋涡中。现在我将它们视为来自世界上不同地方的孤立物体，只是碰巧最终来到了此地，除去我内心深处，它们与生活没有半点联系。比如机器人，它半靠在一卷未开封的包装纸上，大约有30厘米长，灰色的塑料材质。它只是一个物体，像海滩上的岩石一样封闭。更不用提不远处那只躺在塑料袋上的毛绒兔子。它们既不给予也不索取，只是存在于此处，就像树干、落叶、枝条、松针和各种各样的小塑料玩意儿堆积在秋天的一潭死水中一样。但明天晚上，当孩子们打开包装时，它们就将拥有自己的姓名和特征，并融入孩子们的世界中，成为正式一员。那种给无生命的物体赋予生命的能力，让封闭的它们向我们敞开的能力，在文学作品中也有所提炼，因为我打开这里的某一本书，比如托尔斯泰的《战争与和平》，和孩子们明天拆开自己的礼物，两者在本质上并无不同。一页书上的几个字，和在地板上跨出步子的机器人，或是被抱在胸前猛烈亲吻的兔子一样，都会唤起浓烈的情绪，周围的一切仿佛都消失了。文学和玩具皆为无生命的世界，它们之间的桥梁或许是一份愿望清单，它本身并不具备玩具的有形性，只是将玩具的趣味唤醒，就像文学总是能唤起有形的世界，让它在我们的思想世界里失重地翻滚。但和文学所不同的是，愿望清单是可以兑现的，这就是为什么我每年都坐在这里，在这条礼物小河的中央，努力让孩子们的梦想成真。在他们看来，圣诞礼物无非就是这样，但我知道，圣诞礼物的旅程比这更长，它们像某种希望，从想象中的未来岛屿，一路航行到现实的海岸边。在这里它们变得有分量了，但它们不会停歇太久，因为它们将继续远行，抵达另一个海岸，也即被遗忘的过去。在那里它们会像没有实体的记忆一般继续存在，维持着孩子们对童年圣诞节的回忆，这也许是它们存在的最重要的部分。

圣诞老人

昨晚我走在碎石路上，天下着小雨。我穿着一件红色的外套，脚上穿了长长的羊毛袜，套了一双漂亮的鞋子，头上戴了一个面具，看上去仿佛在凝视潮湿漆黑的天空。我一只手拿着黄色的麻袋，另一只手提着一盏老式油灯。当我走到路尽头那座发光的房子时，我停下脚步，打开油灯，点上灯，再关上小盖子。我拉下面具遮住脸孔，把麻袋背在背上，弯下腰，走起老年人的短碎步，来到窗前。直到现在我还有些紧张，但是蹲下身子的那个时候，这种紧张消失了，好像我真的变成了一个老人，而不是在扮演这样一个角色。随后我用力地敲了敲窗户。屋子里传来奔跑的脚步声，我微微向后退了退。一张孩子的面孔贴在窗户上。我颤抖着打了个招呼，接着继续朝前门走去，不久门便开了。我用尖细的声音说了句:"客厅里的人圣诞快乐。"男孩用紧张的眼神盯着我看了几秒钟,显然是想要揭穿我的真实身份,随后他略焦急地往后退了几步。孩子的父母过来了,他们笑意盈盈地看着我:"要不要喝点什么暖暖身子?"但我摇了摇头:"我能行。"我一边说一边看了看男孩,"你叫什么名字?"我问。他说了自己名字,接着我便在袋子里翻找,嘴里还喃喃自语着。当我把礼物递给他时,他猛地撕开包装纸。没过多久,我重新站在窗外,靠在屋子的矮墙边,把面具推到头顶,往嘴里点了根烟。他的父亲走了出来,环顾四周。"在这儿呢!"我轻轻地说了一声。"干得不错。"他夸了夸我,走到我面前。"是啊。"我回道。"看样子他又在期待下一次的礼物了。我能在你这儿预约一个吗?"父亲问我。"没问题啊。"我说。我们沿着马路走到我的车子旁边,我把它停在路的尽头,主干道经过的十字路口。我们坐了下来。"停在这里好机智,"父亲说道,"他自信能够靠你开的车揭穿你的身份。""是啊。"我一边说,一边开始发动车子。路上空无一人,连村子里都看不到一个人。我把车停在学校旁边,然后走到雨里。"要来杯威士忌吗?"我说。他点点头,我找出之前放好的玻璃杯和酒瓶子，然后倒了杯酒给他。这个地方异常的安静，其他任何时候的夜晚，这里总会有一两辆车经过。杯子空了后，我把它放回到车子里，脱下外套递给他。他把一条手臂伸进袖子里，接过威士忌酒杯，然后再把另一条手臂伸进外套。风吹得关节都在发抖。我把头套递给他。"那你过几分钟过来吧。"我说完便朝房子走去。两个孩子听到门铃响走了出来。他们以前不相信我是真的去买烟了，所以这次我把香烟包装拿出来给他们看，以作证据。"我不是圣诞老人，我只是去加油站买了包烟，我说的话千真万确。"我对着孩子们说道。这下他们不知道自己该相信什么了。就在这时候有人敲了敲门。"会是谁呢？"我问道。最大的孩子讽刺地看着我。我打开门，圣诞老人站在门口，手里提着油灯，肩上扛着麻袋。"这里有没有善良的孩子？"他问。他没有吹口哨，但说话时带着芬兰瑞典语的口音。"妈妈，妈妈，圣诞老人来了。"最小的孩子喊道。屋子里其他人都走了出来，走廊里顿时挤满了人，我们站成半圆形，注视着圣诞老人。他慢慢地在麻袋里一通乱抓，把礼物一个个地掏了出来，郑重其事地递给孩子们，而孩子们则瞪大了眼睛盯着他看。"要不要吃点什么喝点什么？"我问了问。他点点头，将杯子里的白兰地一口豪饮下去。

当他离开后，孩子们全神贯注于自己的礼物，没注意到我跟他一起出去了。他站在车边等我，脸上还戴着面具。

令我震惊的是，他看起来相当怪异，戴着一张怪诞的面具，出现在熟悉的环境里。

我又拿出了酒瓶，把酒倒进两个杯子里，递给他一个。

"那么，圣诞快乐。"他一边说，一边举起酒杯。

"圣诞快乐。"我说。

客人

人们常说家是在你到达后必须放你进去的地方，也是你不需要扮演任何角色，只需要做你自己的地方。如果你必须要扮演，必须要假装，那你可以做你自己家的客人。客人就是那种短暂地待在不属于他们的住所里的人。可以是一家你需要支付住宿费的酒店，或者是和其他人在一起，通常是亲戚或朋友的家中，不需要有任何金钱上的考虑。这种情景创建了一种关系中的不平衡性，让人联想到它所创造的礼物，也即主人给予而客人接受的礼物。因此，对客人来说，表达感谢就很重要，感谢主人所给予的礼物，通过赞美礼物，或是夸奖家庭布置有多么漂亮，或是主动提出帮助等来表达感谢，总之要尽可能地努力让自己成为较小的负担。一个优秀的主人则会拒绝对方提出的所有帮助，并且会尽量满足客人的所有需求，最好是在需求出现之前就提前想好。这像是一种正式的游戏，维持着各个角色以及角色之间的距离，尽管角色之间会有所冲突，例如主人为客人腾出了足够的空间，而客人则试图尽可能少地占据空间，但正因为这是一种容易令人产生共鸣的游戏，其中的每一方都是随时可见的：只要每个人都坚守自己的角色，绝不逾矩，那就无所隐藏，也不可能有任何冲突。当角色与预期出现偏差，例如主人一边叹气一边摆桌子，让客人一眼看出她有别的更想做的事情，或是客人理所当然地坐在早餐桌前，一句赞扬的话也不说，对主人的努力没有一丝认可，甚至还可能会说自己更喜欢吃脆一点，而不是软乎乎的培根，并给主人提建议，教主人如何将培根煎得脆一些，也就是把培根放在一个预热过的煎锅里，不要让它慢慢地升温加热；而主人显然之前是慢慢加热，锅子上还油光闪闪的。如果这么做的话，那客人和主人之间原本清晰的界限就被抹去了，模糊地带随即产生，而在人际关系中，模糊会滋长挫败感和猜疑。所以说，请朋友做客或者做朋友的客人，比请家人做客更容易。家庭纽带很牢固，比主人与客人之间的临时纽带牢固得多。例如，如果主人的母亲来拜访，她通常很难不在自己的儿子或女儿的家里扮演一个母亲的角色，因为这在她的意识中是永远存在的；甚至即便她不掌控一切——做饭，站在厨房里煎炒炖煮，清洗碗柜，折好衣服收纳入柜，她的存在本身也是对主人和客人之间的差异的挑战，只需"母亲所在的地方就是家"这一认知，就足以消解家和归属感的概念。于是家就突然成了一个角色，或者至少是一个次要的家，它试图模仿或创造原始那个家的替代品。这样一来，家里的一切弊端、一切不尽如人意之处，都会突然显现出来，因为角色的另一个功能就是它只和表象相关，所以在角色瓦解的时候，表象也会随之瓦解，真实的状态露出水面。在一个家里，真实的事物是可以容忍的，这是家的功能之一，因为家和家里的事物不是为了别人而存在，而是要符合住在家里的人的要求、准则和可能性。在一个维护得一尘不染，总是干净得闪闪发光和井井有条的家里，父母的存在可能会暴露出一些神经质的东西，病态地执着于其他人的想法和看法，关注生活的表面胜过真实，而在一个脏乱无序的家里，父母的存在会暴露出松懈疏忽，软弱无能。

住在这里的五年里，我们接待了形形色色的客人，有最体贴周到的客人，也有风风火火进来自说自话的客人，把别人家当成自己家，进而把我们这些住在这里的人当成客人的人。很少会有事情如此让我恼火，但我永远不会放弃我主人的角色，所以我会笑意盈盈地跟在他们身后，甚至昨天逛超市，当客人把肉从我的购物车里拿走，并和我说不能吃这么贵的肉，因为奢侈消费是不道德的时候，我也客气地点头表示赞同，那天晚上我在厨房的灶台上煎着便宜的排骨，他抓起我的锅铲翻动着锅子里的肉排，我没有提出任何抗议，而是礼貌地让开了一步。吃完饭后，我们围坐在桌旁，窗外的冬夜漆黑如一片海，我克制住了冲进书房拿起《埃达》诗集，给他们朗读《天主之言》的冲动。这首讲述做客之道的古挪威语诗歌，在第 35 节里写道：

> 说再见吧
>
> 别待在同一个地方
>
> 做客
>
> 假如他不知离去
>
> 即便是自己所爱的人
>
> 也会厌倦。

鼻子

　　鼻子是一个明显的斜面，它突出于面部中央，位于眼睛下方和嘴巴上方，通过内部通道与嘴巴相连。关于第一个人类是用黏土创造的古老观念，很可能起源于对鼻子的观察，鼻子不仅有种构造的感觉——骨头就像支架，软骨和皮肤像小帐篷一样伸展在上面，而且还像某种模型——在鼻骨和鼻翼之间有个凹痕似的区域，很容易让人想象到这是用手指一层一层仔细地搓揉黏土塑造，形成鼻翼，在靠近鼻骨的地方将其推入一点，使其具有合适的弧度，留下这样一个凹痕。然而，鼻子最引人注目的地方可能是它突兀地结束在两个弯曲的小孔——这使鼻子和教堂有一丝相似性——这两个小孔被鼻中隔隔开，始终保持打开的状态。身体上所有其他的开口都可以关闭，例如直肠和嘴巴是通过括约肌，阴唇和包皮属于皮肤皱襞，耳朵则是通过永久性的内壁，唯独鼻孔是始终敞开的。它也当然必须是这样的构造，因为我们所呼吸的空气大部分都是通过这两个孔流动的。它不像普通的大门，可以上下起落，就好比车库或是其他舱口装置，例如许多养猫的人在门底部给猫咪留的门洞一般，这类门极其笨重且不必要地耗能，同时还含带一定的风险，而直到我们离世，气流才会在几分钟内中断。虽然嘴巴在某种程度上像是鼻子的备用件，它们共享向上到头部和向下到肺部的通道，但拥有直接开口的鼻子无疑是最佳的解决方案。

基于此，人们会认为，鼻子，这个搭在我们脸颊上的帐篷，面容上的教堂，应是整张脸的中心点或最重要的地方，因为鼻子是脸上唯一突出的部分，它位于整张脸的最中心，通过它长条形的、类似于大教堂侧过道的构造，流动着我们唯一需要持续供应才能维持生命的东西。那么，当我们遇见其他人，我们所关注的难道不应该是鼻子吗？难道我们确认一个人的性格、特征、类型和灵魂，不应通过鼻子吗？

但事实并非如此。获得这项特权的是眼睛。

只有眼睛才能向外界传递一个人的内在，这一点并不奇怪，因为眼睛不像鼻子，它是可以移动的，既可以左右移动，也可以上下转动，因此它可以更好地代表一个人的内在，而不论外表看起来多么生硬固化，人的内在往往是多变和流动的。然而，更重要的是，眼睛是身体外部唯一一处没有皮肤覆盖的地方（指甲和头发除外，这两样东西是没有生命的），因此人们会觉得，通过眼睛可以看到内在，这和房子的窗户是一个道理。也许还有一点很重要，眼睛有两扇像车库一般的大门，也就是眼睑，这是鼻子所没有的，它可以随意地闭合和张开，散发出灵活的感觉，同时又强调了鼻子的静态特征。而关于灵魂方面，眼睛所拥有的视觉也优先于鼻子的嗅觉，原因很简单，被看到的人也能看到对方，展露了许多内在。同样重要的一点是，眼睛不会衰老——和鼻子恰恰相反，鼻子在人步入老年后变得更长，颜色更红，在老年人的脸上像一个陈旧下陷的谷仓，而人的灵魂也不会衰老，终其一生都不会改变。眼睛的排泄物是眼泪，在音乐和诗歌中受到歌颂，而鼻子的排泄物是鼻涕和鼻血，对于鼻子来说毫无提升。到目前为止，普遍认为一个美丽的鼻子是不被注意的鼻子，要对称、挺拔和纤细，不会抢走对脸部其他部位的注意力。一个特别长、特别宽、特别扁平或弯曲的鼻子，对一张脸来说是一个意外，需要它的主人承担不少，因为他必须在较早的年纪里就清楚，人们联想到他的时候，就会想到自己耸人听闻的鼻子，也要清楚他必须用某种方式消化这个事情，需要在内心进行旷日持久的身份对抗，至少会经历整个青春期，直到和自己和解。我曾经见过一回这样的鼻子，那会儿是 1990 年代初，我和埃斯彭去布拉格，当时我们在一家小杂货店里，他把我拉过去，用既兴奋又低沉的声音问我："你看到他了没？""谁？"我说。"有那鼻子那人，"埃斯彭回道，"在那儿。"我往那里看了看。我简直不敢相信我所看到的。一个黑发、腼腆、相当瘦弱的男人站在那里，大约四十来岁，脸的中央种着一颗巨大的鼻子，长长的像一个把手，上面长满了小小的突起，看起来就像一个树根。这简直是我所见过的最震惊的东西，根本没法挪开视线。他看起来就像是童话故事里的老巫婆，把自己的鼻子戳进了砧板里，或是一幅中世纪时期的漫画，当时怪诞是人类的显著特征。埃斯彭和我都忘记了礼貌，两个人站在原地注视了可能有好几秒。他自然察觉到了我们，便转过身去。我们到底是被什么迷住了眼？当他的鼻子过长时，仿佛他就不再是一个人类，而是别的什么东西。要不是鼻子的属性本身也有点好笑，而且数千年来一直如此，那就可以是某种野兽，或是不受控制地生长的东西，比如恶魔或潘神。我们走出商店，站到马路对面，当他走出来，准备走到别处时，我们便跟在他后面。他的鼻子也太吸引人了。但现在我记得最清楚的画面是他察觉我们的注视之后，投过来的一瞥，那极为短暂的一瞥中凝聚了一种极度的痛苦，因他的鼻子而起，却和他野兽般的鼻子截然相反，现在我再回想，感觉那几乎是人类生存状态的精髓。

毛绒玩具

我们家的二楼是孩子们睡觉休息的地方，他们有三张固定在地板上的床，排成一排，像船一般，那里塞满了各种毛绒玩具，说不定有一百多个，有北极熊、棕熊、浣熊、狼、猞猁、小狗和小猫，还有牛、马、羊、刺猬、兔子、乌鸦和猫头鹰，还有狮子、老虎、鳄鱼、长颈鹿、海豹、鲸鱼、鲨鱼和海豚。它们的制作具有一定的真实性，并保留了一些基本特征——海豹的鳍肢，大象的鼻子，还有乌鸦的喙——但它们仿佛是照孩子想象中的样子绘制而成，因此大小都差不多，都是柔软的布做的，可以抱在怀里，一切坚硬的部分，一切用于咬、打、啄、抓的部分，都被去除了。孩子们在睡觉时会把它们放在床上，外出旅行时会带在身上，下雨天也会一起玩耍。这并不意味着他们对这些动物的自然习性一无所知，比如他们每个人都特别关注鲨鱼的嗜血性，也在 YouTube 上看过许多鲨鱼袭击的视频剪辑，但对于毛绒玩具，他们选择无视所有的侵略和暴力特征。对他们来说，毛绒玩具来自一个独立的宇宙，与外部的现实世界无关，只有形状是一样的。狼躺在羊的身边，狮子在斑马的身边。毛绒玩具是他们表达情绪的一种媒介，是他们内在自我的延伸，令人震惊的是他们希望所有玩具和谐共处、永远在一起的想法是多么强烈。但当现实世界来袭，比如当他们开始学骑马，在马厩里与巨大的动物搏斗时，它们坚硬的蹄子和牙齿、巨大的侧腹和紧张地抽搐着的大脑袋，让人很难给它们套上缰绳；或是当猫的嘴里叼着一只鸟，得意扬扬地把鸟拖到门前，这只不太走运的小鸟试图逃过命运的一劫，而猫却挥舞着爪子在长着羽毛的小身体后面嬉戏，要不就是嘎吱嘎吱地用牙齿咬下去的时候，毛绒玩具的现实并不会破碎，他们不会将现实中的体验带给玩具们——不，在楼上的房间里，一切都是柔软和善良的，他们和鲨鱼一起睡觉，享受着狮子的陪伴。我不认为毛绒玩具是对现实的逃避，是抵御残酷和艰难的堡垒，也不认为玩具代表了孩子们希望中的那个世界，它们实际代表了孩子们，那就是他们的灵魂的样子，幼小、柔软、善良、忠诚。即使在抛弃毛绒玩具一段时间之后，就算它们破破烂烂地被遗弃在阁楼里，或者睁着永远闭不上的眼睛挤在纸箱子里，孩子们仍旧会本能地对战争的痛苦和贫穷的困境做出反应，在青春早期的天真中要求正义与平等。这是儿童灵魂的最后阶段，他们第一次向外界敞开，进行一场永远无法获胜的战斗，因为他们的本性是不设防的，因此只能化为别的东西存活在他们的心中，在那些幸存下来的人身上变得更加坚硬，而在那些被世界碾碎的人身上则变得玻璃般单薄易碎。

寒冷

现在这会儿外头很冷。我们的房子里有地暖，但根本没用。只有客厅和卧室是电加热的，而厨房、浴室、走廊和餐厅在我们早晨醒来时都是冷冰冰的。我经常躺在羽绒被里，害怕起床，需要鼓起勇气才能走下冰冷的楼梯，踩过走廊冰冷的瓷砖，然后踏上厨房冰冷的木地板。身体仿佛在收缩，想通过缩小身体的表面积来抵御寒冷，有时候我会发抖，皮肤开始紧绷，然而我毕竟在屋子里，相对于屋外头的温度而言，里头还是比较暖和的。有人觉得，寒冷是主动的东西，它会穿透房子里所有的裂缝和开口，从屋外头朝墙壁挤进来，好让屋子里头也一起冷却下来。但恰恰相反，实际上温暖才是活跃积极的，它从寒冷中流出来，立即溶解在非常寒冷的气团中，然后消失不见，好像这些少量的热空气并不知道自己的局限性，还想试图加热外面的空气，却不知道也不理解，如果它向外延伸数英里远，朝着四面八方，包括上面流动，越向外部接近，它就会变得越寒冷。但这并非狂妄傲慢，而是热力学，如果两个不同的温度相互接触，它们会寻求相互平衡。这就像是一种堕落。外面的温度下降了，就像水无法克制自己流到这片地区的最低点，最后汇入大海，那么热气也无法阻止自己慢慢下降至冷气。今天早晨我把一袋子空酒瓶放在门外，准备过会儿出门带去垃圾回收站，当时还是热乎乎的，但过了几分钟，它们就和屋外的地面一样寒冷。这种平衡力，也即让两个相异的量互相纠缠和撕裂，直至变得相同为止的力量，不仅存在于温度上，还涉及其他过程，例如着火、生锈、侵蚀、腐烂等，虽然发生的速度不一样，但都有同一个目标：将一切同化。车道上的车会慢慢生锈，最终报废。山会慢慢被侵蚀，最终不复存在。房子里和房子周围的所有生命，总有一天会死去、腐烂，也不复存在。这也是一种堕落，从一个人、一个轮廓分明的身体，到被风吹散，一无所有。生命可以被定义为一场与平衡力作战的斗争，从长远来看，它注定会失败。因此，生命出自反抗，其本质就是悲剧性的。在悲剧中，除了主人公之外，其他人从一开始就能看到堕落，而悲剧实际上不过是叙述他们如何洞察到这一不可避免的事实。死亡和虚无等待着我们，我们只是缓慢地向它坠落，慢到一无所觉，也没有停下来想到，它们就是我们给房屋隔热时所极力远离的事物，隔热后热量可以保留在墙壁内，就像存留在水池里一样。北欧国家的城市都由这样的加热池和热量塔组成，汽车也是其中一个小热池。这些将热量封闭在狭小空间内的尝试充满了一种特别的矛盾的尊严，可以说是一种空有美感的行为，因为在它们所在的空间里所发生的一切不仅黑暗、冰冷、无止无尽，而且还在不断扩大。

烟花

我喜欢烟花，但不是那种限于地面或浮于地面的烟花，例如爆竹、圣诞拉炮、烟火棒、地面旋转式烟花、喷泉礼花这些，我对烟花的钟爱仅限于那种带引信点火装置的烟花，它能在高高的夜空中展现它的辉煌。从我记事起，我就一直喜欢这种烟花。小时候我在一个住宅区长大，也就是一长排相同房子的中间，里面有一样的车道，周围都是大小相同的花园，虽然每家每户发生的事情各不相同，但表面来看大家的生活都差不多。最大的例外是新年夜，在午夜前后的几小时内，特别是在十二点前的最后几分钟和之后的几分钟里，所有孩子都会站在他们的母亲身旁，到花园里看父亲弯腰给爆竹的保险丝点火，直到保险丝着了火，父亲才会跑回来和其他人一起，站着看爆竹离开地面，升到空中，带着噼啪作响的花火飞到高空，不仅这一家子人能看到，甚至后墙外的人，以及所有其他住宅区的居民都能看到。烟花就这么每年一次地照亮了每个人心中真正的想法，也照出了每个人的真实身份。哎呀！这五彩缤纷的颜色，这绚丽夺目的光辉，不仅爆炸式地喷涌而出，还会悬在天上，再慢慢坠落，洒在漆黑的夜空中，告诉所有人它们的出处。至少在我父亲看来是这样。当第一批高升爆竹开始爆破，在傍晚早些时候的住宅区里噼啪作响时，他只是摇了摇头，坐在椅子上，不像我和我哥哥会冲到窗前去看——一定是路边拐角处的邻居，他没有耐心，等不及，不知道应该怎么做。当时钟接近十二点，一只又一只的爆竹从不同的地点蹿到天空上围着我们，父亲会清醒地点评每一只爆竹，有时还会赞赏两句，"汉森放的这只爆竹挺好"，但有时候他会批评两句，如果正好是从花园里放的一整箱烟花，那感觉仿佛自己是供奉这些灿烂的烟花的仆人，配不上那么绚烂的画面似的。"真是浪费钱啊！"他可能会这么说。其他邻居可能只会放一两只爆竹，而且也不怎么壮观，然后就变得吝啬无趣。这些事情都无时无刻地不在暗示着，只有他，或者说通过他，我们家的人清楚地知晓应该怎么放鞭炮，既不夸张也不低调，既不浪费也不吝啬，而是会成功地放出完美的鞭炮，其他家庭很快就会目睹我们家的鞭炮，然后赞赏地点头。父亲会提前先布置好晾衣架的位置，那东西可以用作大鞭炮的电池，周围会放一些瓶子，然后小烟花就会从瓶子里升起来。我从没在其他时候见过父亲像放鞭炮时那么快乐的神情，他一只手握着打火机，另一只手挡着引信，然后突然站起来向我们小跑几步路——通常他从不奔跑——我从没见过在引信烧到火药，爆竹飞起来时，父亲的眼里发出的那种光芒。先是小的烟花，大概在十二点敲响前的二十秒钟左右，慢慢蔓延爬升到最大的烟花，用巨大的雷神为它加冕，一只形似蝴蝶的巨大生物在住宅区的上空中划过，就好像标志着一年的结束和新一年的开始。或许因为我们的烟花被其他烟花的发射给吞没了，没有人赞扬或是批评这份特别的烟花，但这无关紧要，因为一年中的这二十分钟充满了快乐和力量，毫无疑问的是，烟花的图像画在我们的头顶，画在这个世界之上的一个世界里，这被美丽和财富所堆叠的时刻并不是幻觉，它代表了一个真实的讯息，原来我们的生活也可以如此绚丽。

致未出生女儿的一封信

1月1日

1月1日。2014年的第一天，潮湿而温和，不知何故有些空虚。从小到大，每一次过元旦，我总觉得有一种特别的空虚感。或许是因为圣诞假期的最后一场活动，包括元旦前夜，都已经过去了，不会再有特别的事情发生，同时也没有什么真正的改变；新的事物并没有如我无意识期待的那样，随着新年的到来而到来，就像我在跨越国境，进入别的国家时，会期盼国境线另一侧的一切会有所不同一样。因此，新年的第一天几乎也是全年最普通、最不壮观的日子。今天也不例外。但我现在很感激，因为空虚的气氛一直都有，在开阔的天空下，在开阔的风景中，它也只是我们在白天留下的自己的印记，让它成为我们的各项日常事务之一，即便这些事情都很琐碎，但它们填补了天空下的这份空虚。

但今天却不一样，今天是 2014 年的 1 月 1 日。

今年是属于你的年份，是你即将出生的年份，就像 1968 年是我的年份一样。其他出生在这一年的人和你是一代人，你会在中学和大学遇到他们，你和他们之间的交集会比你和我还要多，因为如果你的个性和特质都是遗传的，都已经完成了，那么它们接受考验的时间就是你未来思想和行为的关键，也许比我们通常想象的还要重要——至少我是这么认为的。

如果我没记错的话，我长大的时候有一本科幻读物名叫《1999》。库布里克有一本时空预言叫作《2001：太空漫游》。我们在学校有一次作业是《2000 年的一天》。今天是 2014 年的第一天，所以我已经完全进入了我童年时的未来。但唯一看起来有些未来感的，是你，你就像宇航员一样躺在黑色的空间里，戴着你的大头盔，身躯纤细，四肢瘦弱，你身上缠着一圈线，将你和母亲的小船连在一起，还会摇摆。在我们看到你的最近的一张超声图像里，你向我们竖起拇指，我们笑了，你在里面过得很好。现在距离你出生还有两个月，让我们唯一感到有些不安的是，你的脚似乎有点问题。助产士把画面定格下来，仔细看了半天，才稍微挪动了一下超声波发射器，换了个角度后，又停了下来。她说："她看起来好像有马蹄足。""马蹄足？"我问。"是的，"她说道，"这没事的，我们可以处理。"她说你可能需要做个手术，然后脚上上个夹板，一切就都好了，不会影响你的生活——唯一的问题是，正如她所说，你长大后可能没法成为一个速降滑雪运动员。他们擅长这类手术，不会有什么问题，一切都会很好。那天晚上我给我哥哥，也是你伯伯，英格维打电话，给他说了这件事。"你不也有这个问题吗？"他说。"马蹄足吗？"我问，"我也有马蹄足？我怎么以前从来没听说过。""对啊，"他回道，"你确实有啊。"

四十五年来，从未有人告诉过我我生来就是马蹄足。他们说的是，我出生的时候一只脚有毛病，一开始先打了石膏，后来每天按摩，就完全好了。我过去理解为，我的脚有点歪或者什么。我给我的母亲打了电话，告诉她，他们在你的超声波上看到了什么。听起来她是因为觉得"马蹄足"这个名词太难听了，所以她过去从来没用过。这个词汇让人联想起中世纪的样子，一个跛脚的人在一个哥特式的教堂里敲钟，或者会联想起拜伦勋爵，人们一想到他第一件事就是他笨拙的脚，尽管实际上他在许多方面都是一个令人印象深刻的人物。

但事实上，我自己的脚也是马蹄足，但它发育得很正常，我甚至都不知道它曾经存在，这对你和你的脚来说，应该是一个令人振奋的消息。

你已经不再是一个小胎儿，而是一个发育完全的小婴儿了。当妈妈睡着时，你会醒着，当妈妈醒着时，你又睡着了，好像你在里头已经过上了属于你自己的日子，那儿就是你的小宿舍。

我从朋友那里拿来了一辆婴儿车和一张婴儿床——婴儿车在小屋里，床在未来属于你的房间里——我还买了一架玩具小飞机，它绕着太阳飞翔，我准备把它挂在浴室的更衣台上。有时我想，现在万事俱备只缺你了，仿佛我们就要去医院把你接回来，那样你就能永远待在我们身边，不管是在浴室里，在卧室里，在厨房里，在客厅里，在汽车里，还是在这座城市里。把你和我们隔开的这条通道只有几厘米长，但你却仿佛置身于另外一个世界中。当我看着婴儿车和婴儿床的时候，我满心期待，也满心不安，因为它们是为了一个还没到来的孩子所准备的。那时我提醒自己，你其实已经在这里了，还有你在超声里翘着的大拇指。

一月

雪

雨是一种连续性的动作，雨滴汇集在池塘、水池、小溪、瀑布、湖泊、海洋或是地下室里，它会从一个点蒸发，再次升入空中，而雪则标志着这一连续性动作的暂时中止。雪是暂时不流通的雨，它在两三个月里会积蓄在各地各处，就像储存起来一样。从雨到雪的转变过程是非常激进的，因为水在这两种形态上的性质差异很大，虽然我知道转变的原因是什么，即只和温度的变化有关，没有人为的意愿参与其中，但我仍然觉得这个过程很难理解。它们两者之间明确的界限，恰恰是我最无法理解的部分，某个物体在界限的一侧可以呈流动状，在另一侧则成为固态，这种状态之间的切换在特定的情况下竟然可以一直发生。换句话说，我所难以理解的是规律这种东西，是自然的有序。如果两辆车相向而行，撞到了，那么接下来发生的每个动作，从汽车大灯破碎，到塑料瓶从后备箱上的架子落到两个座椅靠背中间，每个动作都取决于汽车的行驶速度和角度，没有任何其他的结果，也没有其他的可能性。挡风玻璃上的碎片一定会被甩到地上，引擎盖也一定会像那样翘起来。当温度下降，雨滴变成雪的时候，雨也会沿着固定轨迹发生变化。雪是六边形的晶体，每一个分支都一模一样，因为它们紧靠着彼此，所处的环境条件都是一样的，但每片雪花又是不同的，因为它们所生成的地方是不同的。即使这种对局部变化的极端敏感性也是受自然法则调节的。当大量的雪花充满头顶的天空，看着就像灰色天空中闪烁着白色的光芒，其中一些会在你温暖的脸上融化，其他的则静静地落在你身边的树上、枝干上、石楠花上，还有你周围的草地上，这样的结果同样不可能被改变。如此丰富的微小精确性，如此繁多的独立而独特的事件，其结果却是千篇一律，因为当雪覆盖大地时，一切都化为白茫茫的一片。森林各式各样的表情：像蛇一样在裸露的岩石上盘绕的树根，潮湿的天气里闪着红色微光的树木，还有小径上被踩进泥土里的黄色和棕色的松针，等等等等，无穷无尽，随着雪的到来，在接下来的几个月里都聚集成单一的表情——白茫茫一片。你可以想象成那仿佛是一支管弦乐队，每种乐器都在演奏同一个音符。每个冬天在雪里长大的人都清楚这种声调，就算是站在盛夏时分阳光明媚的花园中，心中也会突然涌上一种难以名状的渴望，想象着这个音调在一片空旷的森林里响起，风趁着黄昏，披着雪的薄纱，在一动不动的黑暗树丛间吹过。

尼古拉·阿斯楚普

我们要去探望住在约尔斯特的阿尔许斯的母亲。她的房子离画家尼古拉·阿斯楚普长大的郊区只有咫尺之遥，今天我和孩子们要去那里玩雪橇。去年圣诞节孩子们有了一辆雪地赛车，一直搁在这儿，我们坐在赛车后面拖着的雪橇上，穿过厚厚的积雪，沿着缓坡，来到教区外的栅栏，这次的滑行就准备从这里开始。我们所看到的一切，阿斯楚普都曾画过。教区的房子，闪闪发光的白色墙壁，外面的花园，下面的教堂，远处的山谷，上面的山丘。它们不是普通的旧画，色彩和简化的平面构图让它们焕发出夺目的光彩，这片土地上任何其他艺术或文学作品都无法与之相媲美。他的画作完全没有心理学的元素，这使得阿斯楚普和他同时代的蒙克区别开来，他的画作既不反映孤独，也不展示生机，既不忧郁，也不激昂，仿佛与作画者的情感隔绝了，但这也没有令这些画通往风景本身，捕捉其本质，或唤起某种情感。尽管阿斯楚普几乎终其一生都生活在约尔斯特，也几乎只以这个地方为创作蓝本，但熟悉感并不是这些画作的特点，尽管所有画作画的都是这片土地，但没有一幅画可以被冠以"我的家乡"这个名字。因此，我可以和孩子们在雪地里四处滑行，四面都是阿斯楚普所创作过的风景，但我却从来都想不到这件事。这并不是因为这些画创作于一百年前，除了路过的繁华街道，以及偶尔的一两栋新房，这里的一切几乎和当年一样。在这个灰蒙蒙的早晨，厚厚的雪轻轻地落在这片风景上，一切就和他当时所画的一样，山脉的形状湮没在低低的云层中，灰色的水面与笼罩在水上的雾气几乎无法分辨，但两者又仿佛没有相触。过了不到一小时我们滑进了这片地区，孩子们已经精疲力竭，他们还不习惯在户外一次待这么久，至少还不喜欢这样的模式。我想起我小的时候，我们从早到晚野在外头的样子，直至夜色浓重到看不清彼此的模样，才会进家门。随之而来的是悲伤的阴影，这一定来自我逝去的童年，而不是他们的童年，因为他们很高兴，脸上洋溢着幸福，开心地踢掉脚上的靴子，把湿答答的连体服挂在钩子上，抱着自己的 iPad 便消失了。晚饭过后，我坐下来看了看母亲的书架，过了一会儿，我抽出了一本关于阿斯楚普的书，开始翻阅。就在那时，我突然发现他的画竟然描绘了整个世界，而这些画也伴随着我的成长——我们家里挂着一幅复制品，外祖父和外祖母的客厅里还有另外一幅——但我却从未对其有过特别的感受。他仿佛画了一个平行宇宙，一个和现有世界肩并肩存在的世界。这本书上说，他把在教区成长过程中所看到的一切都细致地记录在一本笔记本上。一丛一丛的灌木，一棵一棵的树木，还有一栋一栋的房子，和一间一间的棚屋。但他只记录出现在他童年里的人事物，后来所发生的一切都被忽略了。难不成真是平行宇宙？那是他画的吗？童年，只有远离时才显得深邃，如果你身在其中，童年就是表面和色彩，而对于阿斯楚普来说，童年就好像是他把脸贴在窗户上看到的那样。

耳朵

耳朵的神奇之处在于它非常机械。耳膜、骨头、耳道和充满液体的小空腔，很容易让人联想它是在一个精密机械车间里制造而成——工作台上放着一个经过精细抛光、涂满油脂的精巧铁砧，旁边是形如马镫的镫骨，耳蜗相比之下要大许多，但还是很迷你，铁匠弯着腰在后半规管内铺设小块的纤维地毯，这些也许都放在一块白布上，好更清楚地观察，防止污垢和灰尘粘在上面——这在如眼睛或者嘴巴这些其他器官上是无法想象的。那是因为声音是一个机械现象，某种东西引起空气震荡，这种震荡就像水面上散开的一个环，在不那么炎热的夏日里，以每秒 350 米的速度传播。声波是肉眼所看不见的但物理上存在的现实，根据漏斗原理被引导到头部，外耳是一个圆形、略倾斜的软骨，头部两侧各有一个，和鼻子大约在同一水平线，声波沿着通道向下移动，在那里撞击一道薄壁然后消散。但声波撞击薄壁时，其中的力量会以一种多米诺骨牌般的方式存续，薄壁的震动传播到极尽精细调制的骨骼中，在充满液体的通道内传播，跟着震动和颤抖，直到神经线末端连接的小室，在感官地毯上被转化为电脉冲，以光速沿着小电缆进入大脑。

所有的孩子都可能曾经见过有人在很远的地方工作——例如有人用锤子敲打岩石——然后惊叹于声音和动作不同步。大锤无声无息地敲在石头上，下一秒传来一声巨响。不止如此，声音还会弹开，连续听到好几声，咔咔咔！然后变得微弱下去，咔咔咔咔。当我意识到声音也是有形的，是在空间里传播的东西时，我的感觉十分清晰：世界没有秘密，也没有深度，所有的一切都像溪水、像白雪覆盖的大地、像繁星点点的夜空一样清澈地袒露在外。

但是，如果构成耳朵这个器官的复杂体本质是机械的，那么它也很脆弱，容易发生故障，因为它实在太精细了，要通过所有通道才能和外颅骨的其余部分相连，包括鼻子、喉咙和嘴巴，而且它还要处理声音传输以外的任务，包括平衡感和方向感。内耳的通道里有一种微小的晶体，称作耳石，在每次头部运动时，耳石会在另一张感知地毯上发生位移，持续记录头部的位置。

人可真是不简单啊！我们靠这些移动的耳膜和骨头拥有了听力。耳朵里的小石头让我们在世界上可以直立行走。从这个意义上说，我们和恐龙之间的距离不远。它们为了消化食物会吞下巨型石块，这些石头会在它们行走时在胃里相互碰撞，然后将食物的表面碾碎。石头被磨碎后，它们就吐出来，然后再吞下新的石头。这可能是很原始的现象，但也显示出物质世界和生物之间的区别是多么微不足道。因为事实就是如此：生命总是利用一切手段生存下去，总是在永恒的进化过程中融入物质世界的元素，神经中的电流，腔体中的水，耳朵里的石头。

比约恩

比约恩的脸型较长，几乎算是长方形，下巴微突，颧骨很高但没有特别明显，嘴巴似乎有点歪，可能是因为他经常会咬嘴唇，好像在吮吸什么东西。他的眼睛是蓝色的，眼神温柔且友善。比约恩最有特色的地方可能就是他走路的方式，他走得很轻松，好像没有任何重量，一点也不附着在地面上，像是飘着往前走。如果一阵风刮来，那他随时会被带走。当我看见他穿过草坪朝着我家房子走来的时候，走在乡间小路上或是在城里的街道上，给我的印象就是这样。我从来没有弄错过他的身形，即使我从他身后一百米远的距离看到人群中的他，我很肯定：这就是比约恩。他轻盈的步伐并不主要是优雅，因为他身材高大，四肢纤长，像是在松松地摆动着，但看着很空灵，似乎更接近空气而不是地面，仿佛如果可以的话，他随时能伸出双臂，像白鹤或者鹈鹕那样缓慢拍打翅膀，升向空中。不过，他的穿着总是很优雅，衬衫、羊绒衫、围巾、西装、大衣还有休闲装，从某种意义上说，这种接近上流社会的服装风格并不会给他带来负担，也不代表任何形式的负担，穿在他身上反而最自然不过。如果和他同处一室，你很快就会发现，他的优雅并非不够格，而是带着落魄和寒酸——西装外套皱巴巴，经常脏兮兮的，好像之前穿着西装在花园里干过活一样，衬衫上沾满了食物残渣，例如鸡蛋或是酱汁，曾经金色的头发现在变黑了，总是一副凌乱不堪的模样。他喜欢说话，具体说什么似乎是无关紧要的，重要的是和别人坐在一起，而不是孤单一人。如果他有机会来把握谈话，通常他会把话题转向历史，尤其是从 17 世纪到我们这个时代的瑞典、德国和俄罗斯的军事史，还有自然科学的内容，尤其是天文学和地缘政治学。他说的话挺有分量，因为他懂得很多，而且足迹遍布全世界，见过最奇特的地方，但他鲜少或从不强调这一点，也不主导任何谈话，支配和权威对他的性格来说是陌生的。如果他周围出现冲突，他会努力淡化或直接无视，如果行不通，他会转身离开。他需要有人陪伴——为什么呢？他为什么不能独处？——同时又无法忍受冲突和支配，这一定是他如此不安又无拘无束、轻松自在的原因。他的性情温和，天性善良，但他身上的逃避和强迫的特质还是一样伤害了别人，因为不负责任迟早总会伤害到人。比约恩六十岁了，但他身上没有任何固定下来的东西，因为他太焦虑了。他唯一老派的习惯是嗜糖。他的咖啡里要加三勺糖，手边总有一些甜食。和他坐在一起时，当我低下头或移开视线，然后突然看向他的时候，他的脸上总是挂着微笑，仿佛他知道一些关于我的事情，而我自己一无所知。

水獭

　　水獭有一双圆溜溜的黑眼睛，半圆形的鼻子尤其突出，嘴巴长长的，嘴角向下延伸。嘴巴的形状使水獭看起来似乎总是不满意或是在生气，有时甚至有些悲伤。它的目光也是如此，像是犯罪小说中通常说的那种"锐利目光"，但有时也会显得有些哀伤。鼻子下方的胡须看起来像闪闪发光的小胡子，耳朵有点突出，强化了扁平的前额。水獭的外貌相对来说很少被提及，因为它和运动、速度、敏捷以及害羞等特质的相关性更大，所有这些都会弱化它原有的面部特征，甚至能尽可能地将面部特征隐去。有一年冬天，我有一只水獭做伴，在近三个月的时间里经常见到它，通常在黄昏或黎明时分，但它从未靠近或静止到能让我看清它的脸。就好像它和它移动的状态融为一体，又和它的灵魂融为一体，当它消失时：我脑中只留下一种印象，感觉它有些不安，因为总是在路上，在系统性地搜索什么，因为它看上去仿佛一边移动，一边在监视整个地块，偶尔停下来环顾四周，这和它身体较低的重心形成鲜明对比。水獭的腿很短，但相对于它的高度来说却长得惊人，它时而疾走，时而像鳗鱼一样蠕动，这种运动模式像是从大地而来，地面是它几乎无法离开的地方，是它生命的一部分，那地面也就成了它的领地，如果有什么高高的东西从它上面掠过，那它就会伸长脖子，朝外看向西边的地平线，或是朝内看向东边的其他岛屿。其他时候，它会在更广阔更开阔的平面上，做一些舒适的动作，伸展自己，和貂奔跑的方式没什么不同，貂也是水獭的亲戚之一。水獭在水里只露出头部的时候，看起来就像一只小海豹。

我在一月份的一个下午上了岛，当我抵达码头的时候，天已经完全黑了，这部分的海岸异常寒冷，大约零下十五摄氏度。我在那里租了一栋房子，内装仿佛从 1950 年代一直完好无损地保留至今。第一个晚上，在屋子变暖和之前，我穿着衣服，盖了三条羽绒被，睡在客厅的沙发上。岛上除了我只有四个人，其中有一家三口，他们大部分时间都待在室内，还有一个人，孤零零地住在一个船屋的阁楼里，直到几周后，我才意识到岛上有这个人的存在。这个岛屿很小，我很快就在各种徒步中对它有了详细的了解。我第一次见到水獭，是房子下面的码头上，孤单单的灯照着它。它一定是刚从水里上来的，因为身体还在不停地甩着水。我的目光跟随着它的一举一动，它仿佛一蹦一跳地从光线下移出，钻进了岛屿的黑暗中。下一回我看到它时，它出现在小岛的另一边，游到离海岸约二十米的地方。大海很平静，礁石沿线所有的凹坑和表面都覆盖着积雪，使海水看起来完全是黑色的。水獭偷偷爬上不远处的悬崖，停下来盯着我看，一跃就消失了。它身上有某种孤独的特质，每次我看到它都是孤零零的，而且总是在去往某处的路上，仿佛它必须要走满多少片区域，就像一个哨兵或巡视者，在检阅一个没有同类的世界。我通常会从窗边看到码头旁的水獭，这样的景象让我很高兴，因为我在某种程度上和它建立了联系，在这个岛上，我们是在一起的。除了每周和妈妈打一次电话外，我没有同任何人说过话。有几次，岛上被积雪覆盖，我四处散步的时候发现了一处水獭的踪迹。那些踪迹表明，它通常沿着相同的路线行动，最后总是消失在水边。接着，在一个晴朗的早晨，我发现一个看起来像是雪中滑坡的地方，有一条小径从礁石的内侧向下延伸。这让我很好奇，在接下来的几天里，我走到礁石那儿，看是不是和我想象的一样。结果如我所想。那天下午，有只水獭出现在山脊上，我站在远处，但在蔚蓝色的天空下，我能清楚地看到它的身影。它跑到平坦的轨道上，然后从那儿一直滑，最后滑入水中，沉到水下，消失在视线中。它没有实际的理由来这里滑雪，所以它肯定是因为好玩，纯粹是出于快乐才这样做。一想到这个孤独、贪婪的掠食者生物，可以突然超出其狭隘的生存本能出现在这里享受生命，这个念头像一盏灯照亮了我的内心，变成了我从接下来几个星期的黑暗中缓慢挣脱的第一道启示。

社交

　　我在遥远的海中小岛上度过的那几个冬月，生活里几乎无事发生。我从一座城市去到那里，城市里永远在发生各种各样的事情，无论是我生活的车水马龙、人流络绎不绝的郊区，还是我和妻子共进早餐、晚餐、夜晚一起看电视的城市中心，不断的电话，不停的回忆，不散的聚会。在这个荒岛上什么都不存在。在最初的几个星期里，这种空空如也的感觉像对某种东西的渴望，某种我全身心需要但却无法得到的东西。因此，在那里并没有什么平静的感觉，因为所有的寂静和安宁，只是为不安和焦虑提供了空间，在我的心中四处冲撞。社会领域的力量有多强大，直到被夺走的时候人们才会发现，就像吸毒的人只有在没有海洛因的时候才知道它的厉害。与此同时，他们的内部与孤独和毒品展开对抗，海洛因和社会领域独立于他们而存在，既被动又冷漠。

所以，我也需要有其他人在，他们的缺席会让我痛苦不堪。但我要他们又有何用？是想被他们看见？被他们触碰？被他们肯定？我不喜欢被触碰，所以不是这个原因，但我想被人看到，总是寻求别人的肯定——但好像也不是这个原因，因为作为一名作家，我可以在不遇到任何人的情况下被人看见、被人肯定。那么到底是什么原因呢？

当我在空房子里绕圈，或是绕着荒岛走来走去时，我的内心深处对他人的强烈需求似乎会站起来大喊大叫，但这种需求正在减弱，现在可以消停好几个小时，甚至好几天。因为我们的内在从不空虚，也不安静，即使在我们睡觉时也不例外，内在永远都充满了各种印象、想法和感受，首先占据内在的是社交的习性，接着是社交的冲动，然后一些别的东西渗透了进来。这些都是非社会性事件。然而它们也同样纷繁复杂，只是性质完全不同。它们是聚集在地平线上的云层，让下面的大海在退潮时慢慢变成黑色。是起风时港口上锁链之间的碰撞声、绳索和标志线的断裂声。是风吹过房子的各个角落的呼啸声，是岛的另一边传来的微弱的海浪声。

是在我手中停留了片刻的鱼钩，一共三个，都生了锈，尖尖的鱼钩抵在因寒冷的海水而泛红的手上。是肥皂的味道，让我想起童年的肥皂的味道。是厨房光亮的水槽里躺着的两条鱼，突然又开始蹦起来了。是洼地里冷硬的旧雪壳被新雪覆盖，让我想起了祖父母和孙辈之间的关系。这些都还不够，我心中的渴望还在持续增长，但这些也已经很多了，所以这其中到底还缺了什么？

没有回答。鱼钩上挂着光滑的小海草，放在我微红的手掌上显得很漂亮，但我问什么它都不会回答，我做什么它也不会有任何反应。它就是一件纯机械的东西，当我抛竿时会沿着 30 米长的弧线穿过空气，刺穿硬实的水面，溅起一点水花；或者当我将所有的鱼线都放出来，拉住钓竿猛地拉出水面时，它会叮叮当当地敲打在岩石上，海水则突然松开力气，让它升起来，再落在我身后。待在那里已经成为一种日常，我不期待有任何回答，或者任何回应，而是接受一切事物以自己的方式存在，并且用纯机械的方式相互作用。我所学到的是，我对回答的期待非常强烈，那种期待可能是人最基本的特质，也是我们的本质。我明白了，伴随孩子们成长的虚拟世界，之所以让孩子们如此上瘾，正是因为它满足了回答和回应的需要，并且可以立即满足这种需要。如此一来，虚拟就成了社交的核心，提供给我们所有社交的回报，而不需要我们付出任何相应的代价，因此我们现在完全可以独处，坐在小岛上，不会因为机械的互动而在内心深处产生对其他人类的冲动，就像一只笼中困兽，疯狂撕咬。

送葬队伍

一天早晨，我来到岛上小屋的客厅里，看见一艘船停靠在码头外。外面下着雪，风刮得很大，雪花在空中好像水平地慢跑着，能见度很差，但我还是确定，自己看到码头上停着一艘救护船。在那之前，我还不知道救护船的存在，但显然它们确实存在，沿海有那么多岛屿，岛上的居民一定经常需要救护船，来应对还没有严重或紧急到需要调配珍贵的救护直升机的情况。

海湾里的水漆黑一片，两侧呈 V 字形延伸的风景看起来灰蒙蒙的。小船漂浮在海浪中，像一条拴在皮带上的狗在泊船处拉扯。我走进厨房，给面包抹了点黄油。当我一手拿着盘子，一手捧着水杯回到客厅时，只看见一行四人正沿着狭窄的小道走着。其中两人抬着担架，病人身上盖着一条黑色的毯子，看起来像是一个皮套。我想这可能是乘救护船的特殊装置，毕竟海面有时波涛翻滚，病人身上盖不住普通的毯子或是羽绒被，但他们必须准备防水的东西。他们在船屋的背面消失了片刻，随后便出现在码头上，接着一个个上了船。虽然在雪花纷飞、如烟似雾的天空的背景下，人物的轮廓清晰可见，但他们却有些模糊，仿佛闪烁的不是雪花，而是他们。是的，抬着第五个人的这四个人跟门窗大开、若隐若现的船屋一样，有一种幽灵般的感觉，码头上架着起重机，他们仿佛正要转身去往另一个时空。然而，他们停在救护船前放下了担架，其中一个人对躺在担架上的人，或者更确切地说对袋子做了个手势，他把那人上半身的拉链也拉上，直到这一刻我才明白发生了什么，原来他们抬着的那个人已经死了，他们是要把那人的尸体运上陆地。

他们鞠了躬，然后把担架抬上了船。引擎启动了，船锚松开了，船往后稍微倒了倒，然后便缓缓转身，慢慢地驶出海峡。无数的雪花从灰蒙蒙而厚重的天空下飘落，死气沉沉、冷冷清清的气氛排山倒海而来。

他们中有一人留在码头上，船开走后他便沿着小路往回走，很快消失在船屋后，我的目光跟随着小船，期待它会继续慢速往前开，作为对死者的尊重。但它一驶出浅滩就开始加速了，虽然发动机在提速，马力在加大，但与此同时，因为船慢慢离我远去，它的动力又仿佛变弱了，如此一来，就出现了一种奇怪的效果。当船被灰蒙蒙的雾气吞没时，我感觉死亡就是这个样子。

乌鸦

乌鸦是一种灰色的鸟，有着黑色的头部、黑色的翅膀、黑色的喙和黑色的爪子。和猫头鹰有些相似，一直以来它们都和死亡联系在一起，但出于其他原因，猫头鹰因为飞行时无声无息，而且自带神秘属性，似乎本就属于黑夜和神秘，而乌鸦却无处不在，吵吵闹闹，本性傲慢。它黑色的脑袋像一个兜帽，仿佛穿过灰色的胸膛和灰色的背脊，与刽子手穿的兜帽无二，加上它发出的声音，相比歌声更接近尖叫声，沙哑嘶吼般的声音，为它们增加了不愉快的特质，对猫头鹰人们就没有这种感受，所以如果这两种鸟都代表死亡的警告，那它们所代表的一定是不同的死亡，或者是死亡的不同方面。也许猫头鹰的特质和状态变化有关，它会在黄昏或黎明时分穿过森林，在接踵而来的黑夜和白天之间飞翔。而乌鸦，它的样子和声音都明明白白地表达了死亡可怕的、有形的、肉体存在的一面。乌鸦似乎没有隐藏任何秘密，它用这种方式表现了死亡，也就是说，不仅时不时能瞥见乌鸦的丑陋，而且它在展示自己的丑陋时毫无羞耻感，它坦诚地让人联想起没有生命的身体，不做任何掩饰，而是仿佛注定要呈现所有给人们看。

最近一次看到乌鸦是在今天早上，我开车送孩子们去上学，它当时站在于斯塔德外面的环形交叉路口，盯着汽车看。其实这片地区，乌鸦并不多见——换句话说，有乌鸦，但和我小时候看到的灰黑色的乌鸦不太一样，这里的乌鸦体型较小，全身黑色，很长一段时间里我以为它们是寒鸦，但它们的喙的颜色很浅，而这些乌鸦的喙都是黑色的，所以我觉得，它们一定是白嘴鸦。它们和灰乌鸦的行为表现截然不同，成群结队地出现，数百只一起，每天晚上飞过屋顶，飞到树梢中的空隙里——就像在夏天，当树叶茂密的树林在阳光下闪着绿色的光，画面是那么的美丽，而现在，树枝光秃秃的，大地的颜色只留下灰色和褐色，笼罩着贫瘠和绝望。它们在飞往过夜处的路上，林荫大道上的参天大树，离我们的房子大约一百米远。每天夜晚它们叽叽喳喳的叫声充斥着空气，在周围建造声波的穹顶，一开始我觉得有些讨厌，因为那声音好像来自一种无法在黑暗中寻得宁静的生物，但现在它变成了某种令人欣慰的事物，一种对于万物各安其所的确认。

世上存在许多可怖的生物，为什么代表不快与不祥的恰恰是乌鸦呢?

这对乌鸦和猫头鹰来说其实是一样的，它们本质上都具有人性，因此比蚯蚓、青蛙和海鸥更接近我们的世界。今早我们开车经过的时候看到那只乌鸦，它在黄白色的草地上行走，因为它的翅膀是黑色的，身体是灰色的，所以看着像是背着双手走路，一边走一边对自己点头。我笑了笑，因为我想到了生命中的另一只乌鸦。它生活在我外祖父母的农场周围。我的外祖父，他给所有的鸟都赋予了特定的属性和意义，他特别讨厌乌鸦，几乎到了仇恨的地步，以前，他年轻气盛的时候，还会用步枪射击乌鸦。他当时正要射杀那只乌鸦，但是子弹没有完全打中它，只是把它的腿给打断了。这只乌鸦靠一只脚活了好多年，经常能在农场看到。它或许忘记了外祖父曾经对它做了什么，但我一直想象记忆在它的脑海中燃烧着，它仿佛"亚哈船长"[1]，站在树上，目光跟随着外祖父黄昏时分从树下慢慢走过，一路走去谷仓。

---

1 亚哈，《圣经》中的人名，后被运用在电影《白鲸》中。

设限

我疯了。坐立不安的状态像是一种缺失，一种突如其来的渴望，仿佛有什么东西被夺走了，身体想立刻把它找回来。情绪在体内来回颠簸，撞击着内心的墙壁。只有当我和他人的平衡被打破后，才会有这样的反应，例如有人提出要求，而我做出拒绝，或是当别人拒绝了我，但我仍然想把自己的东西强加在他身上。两件都是我想避免的事情——说不，或是将自己的意志强加于他人身上。这种对他人的意志敏感到不敢违抗的做法，就是一种弱点。自己的意志与他人的意志相碰撞的感觉，其原型其实是父母和子女之间的碰撞，正是通过这层关系，奠定了对待意志的态度，之后所碰到的都是这种碰撞的变体。这就是我发疯的原因。一个小时前，我们本来要吃午饭，但有一个孩子不愿意坐在我们旁边，她走到门廊那儿，穿上靴子和雨衣，想去商店买"星期六糖果"[1]。我对她说，可以吃过饭再去，不是现在去，先和我们一起吃饭。但她说她不饿。我回答说，没关系，但是现在先要和我们一起坐着。她不同意，然后打开了门。我抱住她的腰，拦住她，她试图抓住门框，我把她从门廊一路拖到餐厅里，她一边摩擦一边用脚踹，想再次抓住什么东西，但我用力让她松手，把她放在桌边，其他人安静地看着我俩。"你现在坐在这儿，直到我们吃完。"我说。她模仿我嘴巴的动作，做了个鬼脸，不想在兄弟姐妹面前丢脸，但我看得见她眼睛里含着泪水。她在椅子上转了个身，面向另一边坐着，脸背对着桌子。我们继续吃饭，但没有人说话。突然她转过身，给盘子盛了点东西，动作夸张地吃了起来，米饭撒在桌子上，刀叉在盘子上叮当作响。我让她停下。她说："我在吃饭，你不就是要我吃饭吗？""是的，"我说，"但是要好好吃。""我想怎么吃就怎么吃。"她回答道，眼睛里依旧闪着泪光。当最后一个人吃完的时候，她立马就站起来，

---

1 瑞典为了帮助防止儿童蛀牙，建议儿童减少吃糖果的量，因此诞生了"星期六糖果"，也即建议孩子仅在周六吃糖。

大步流星地往前走，砰的一声关上门，经过窗边，然后消失不见。

　　我收拾完桌子也跟着走出去。父母最重要的任务之一就是给孩子设定界限，不是因为孩子走太远时所做的事情一定是危险的，而是因为他们需要知道万事是有边界的，并非一切都是开放无阻的，因为开放和无边界是不安全的，当他们走出去，能依靠的只有自己，所以设置边界、创建惯例和制定规则是给予他们安全感，让世界变得清晰可识别。与此同时，父母对孩子做的最糟糕的一件事，就是伤害他们，让他们丢脸，让他们觉得自己无能。我差点就做了这样的事情，这让我很难受，她的心里也会痛苦，但原因是相反的。我深知那是一种什么样的感觉，没有什么比父亲伤害我、并将他的意志强加于我，因为一些琐事强迫我妥协的记忆更刻骨铭心了，感受到他的意志要比我内心任何事物都强大得多，当我一边大喊，一边毫无胜利希望地做着抵抗，我觉得自己是那么无助无力，没有价值。

　　我现在唯一想做的事情，就是将边界重新建立起来。但如果我去探望她，和她解释，她只会用手指堵住耳朵，希望无人打扰她的状态。所以我要做的，就是找到一把锤子和用来固定电线的小别针，用它们把灯挂在她房间的天花板上，这件事我答应好几个月了，那是由一长串不同颜色的小灯球组成的吊灯，我想让它们像花环一样挂在她的床上。

地穴

　　在挪威的奥塞贝格发现第三艘大型维京船的这一年，奥勒松着火了。维京船当时放在临时展厅，大火意味着建造独立博物馆的进程要加快了。建筑师弗里茨·霍兰德提议，在奥斯陆王宫的地下为维京船造一个巨大的地穴。地穴长 63 米，宽 15 米，每艘船都有一个位置。墙壁上还要刻上维京图案的浮雕。这个地下大厅的图纸也有了，到处都是拱门和拱顶，全部用石头砌成。船放在地板上像凹陷的地方，看起来最接近墓室的样子，细想的话也还算合适，因为这三艘船原本就是坟墓，而且它们又被放置在王宫花园地下的地穴里，符合它们外表所代表的含义，它们是民族神话的化身，现实中的过去，只在符号世界中存活。可惜地穴从未建成，历史对国家身份认同的力量几乎自那时起就完全消失了。还有一幅 20 世纪 20 年代遗留下来的奥斯陆素描，那幅画一直没有完成，画面上有卡尔·约翰大街上高耸的摩天大楼，还有在城市上空航行的飞艇。当我看到这些未曾实现的画面，我能感知到它们巨大的、无法解释的吸引力。同时我也知道，如果 1904 年住在克里斯蒂安尼亚的人们，看到现代的我们熟视无睹的身边的一切，他们也会张大嘴巴，一副不可置信的模样。相对可以显示实时图像的手机来说，石穴算是什么呢？相对可以自动修剪草坪的割草机器人来说，《梦诗》[1] 这种绘画又算是什么？

由于叙述的艺术基于可信度，因此很少有故事比一个反事实的故事更难讲。发生在平行现实或平行未来的故事，从原则上完全脱离了我们世界中的事件，在这个意义上，故事是自由的，但反事实叙事与真实世界密切相关，它要求我们无视我们所知道的一切，将某本书里的某个推理的分量置于庞大深厚的知识之上，这实际上很难做到。另一方面，我们所处的每一刻都朝着多个方向敞开，像冒险故事那样，它有

1　挪威画家卡尔·埃里克·哈尔（Karl Erik Harr）的画作，原名是 Draumkvedet。

三扇或七扇门，通向包含不同未来的房间。这种对时间的假设结果，在我们做出每个选择的时候就停止了，本身也从不存在，有点类似我们在梦里所见到的陌生面孔。过去已经永远地逝去了，而其中不曾发生的事则是双重地逝去。它所带来的是一种特定的失落感，一种未实现的过去的忧郁情绪。这种感觉听起来似乎显得矫揉造作，毫无必要，只是用来填充我们无所事事、受人庇护的灵魂，但它所植根的却是人类基本的洞察力和渴望：一切本可以有所不同。

冬天

秋天是一个过渡的季节，是天空中的光、空气中的温暖，以及树木和植物的绿叶清空的时间。之后的冬天则是一种状态，一切都处于静止不动的状态。大地会变硬，水开始结冰，冰雪覆盖着大地。这种情况有时被拟人化为一名国王，这种拟人可能来自一种感觉，认为这种静止不动的状态是某种强加的东西，某种来自外部、强加于这片风景的东西。冬天之王是他的名字，一想到他，我就忍不住想到他和另一个王的化身——酒王——之间的关系。他们是两个毁灭的主宰，两个世界的清洗者，凝定一切的操纵者。其中一位规模较大，遍及整个国家和王国，另一位相对较小，可能只影响一两个人。但他们两位有何共同点吗？难道酒王主宰的不是沉醉的、无边界的生活，难道他不是醉生梦死的君主吗？当醉意流入血液，那感觉岂不就像眼睛里闪着光，内心的暖意柔化了五官的线条，没错，仿佛生命如潮水般涌来？而寒冷伴随着冬天到来，与酒精相反，寒冷会停止或减缓所有的进程。看起来就是这个样子。但酒王是一个幻术师，突然在眼中闪光的生命只是一个假象，和生命很相似，但却不是生命，这就是它和冬天产生联系的方式，冬天也是一番栩栩如生的景象的舞台。在晴朗冰冷的冬日里，当阳光洒在白色的大地上，雪花在数百万个棱面上闪烁着美丽诱人的光芒，或者当绿色的北极光在夜空中划过一道道波浪时，它和大地其他地方静止不动的状态，形成了鲜明的对比，以至于人们容易将此误解成生命和生者的表达。但阳光冰冷，无法唤醒也无法穿透任何东西，我们看到的只是机械的反射。很少有关于冬天的描述比但丁的《神曲》里描绘的冬天更恐怖、更死寂，在故事中，地狱的最深处被描述为巨大的冰冻之湖，死者被冰冻在那里，只有头部露在冰层之上。他们动弹不得，就连眼中的泪水都一动不动，冻结成冰。唯一能继续动的，只有嘴巴。靠着嘴巴，他们可以吐出诅咒，或者表达悔恨，但因为他们没法兑现自己所说的悔改之词，文字也就失去了分量，变得没有任何意义。这让我想起了在街上对着路人乱吼乱叫的醉汉，他们或是在公园长椅上向陌生人倾诉，因为即便他们的言语可以表达愤怒、绝望、喜悦和热情，但这些言语永远不会产生任何后果，他们仍旧困在原地，过着流落街头的生活。那些给他们带来快乐和陶醉的东西，同时也是俘虏他们的东西。这也是我对我父亲的记忆，他在生命的最后几年里，被困在无法摆脱的境地中。他的冬天似乎没完没了，到处都在刮风下雪，不只是他待着的房子外头，就连里头也在下雪，这就是我所想象的画面。卧室里、楼梯上、厨房里和客厅里都在刮风下雪。那个冬天是他灵魂里的冬天，是他脑袋里的冬天，是他心里的冬天。

性欲

性欲与饥饿、口渴和疲劳一样，都属于人类的基本情绪，具有相同的结构。某种东西有所缺失，这种缺失以一种强有力的、多少有些激烈的形式，体现在身体上，人们知道只有让身体得到这种东西才能平息这种情绪，比如食物、饮料、睡眠和性。但是，饥饿、口渴和疲劳是一种以疼痛增加为特征的状态，如果身体对这种需求的警告没有得到满足，人就会死，这种称之为匮乏感，而性欲则涉及某种令人愉悦的状态，它的本质属性是过剩，如果持续得不到满足，并不会有生理性的后果，只关系到情绪而已，例如失望、愤怒、沮丧和自卑的情结。这是因为性欲与其他三种主要需求不同，它不是维持生命的基本功能——避免死亡，恰恰相反，它是在自己的界限外创造新的生命。因此，性欲是无法独自满足的，需要通过他人的参与才能满足，它也因此成为生活中、文化中一股极其复杂的力量。其他基本需求都会通过某种交易系统得到满足，毕竟我们很少有人直接生产自己要吃的食物和饮料，所以需要通过金钱作为媒介，因为每天我们都要给身体喂饱解渴，我们必须从事社会中的某项工作，得到报酬后再去购买食物和饮料，基本需求好像就这样融入了社会建设中。衣服和房子也是一样，衣服可以让我们不挨冻，房子可以保护我们免受风寒，还能看护财物。最明智、最民主的做法就是将生殖冲动纳入这个系统，这样人们就可以在产生性欲的时候购买性服务，就像人们在饥饿时购买食物一样。例如在主干道路边上设置性服务站点，或在城外购物中心旁设立性服务市场，或是在市中心开办精致的小型性服务商店。这些市场将每个人放在平等的位置上，而且可以努力经营这个市场来调节经济，甚至纠正结构原有的不公平性，缩小贫富差距。但面对这样的提议，无论它本身多么接近社会资本主义的思维方式，大多数人都会持保留态度。我们可以出卖自己的劳动力，也可以购买别人的劳动力，我们可以生活和工作在一个将所有价值转换为金钱价值的社会中，我们甚至可以付钱让别人照顾我们的孩子，没错，我们拥有的一切，所做的一切，都是购买和支付而已，只有性不是，为什么？要了解性欲在文化中扮演的角色，可以把它当作一项思想实验。一个没人有性欲的社会，完全通过人工授精来进行繁衍的社会，会变成什么样？两种性别会变得越来越相似，最终合二为一。这种同性生物，虽然不贪图任何同类，但能够完好无损地保留人类的其他情感，培养对他人的关怀和爱等。但是关怀和爱是没有任何风险的情感，它针对的是已经存在的东西。爱以维护为目标，以沉浸或社交为替代方案。这将是一个没有战争的社会，一个没有暴力的社会，在这种程度上，这是一个可以实现乌托邦式的美好和安全的社会。没有人会想到要绑架海伦。现在只存在于中产阶级表面的事物，在这样一个社会里将渗透到社会的每一部分，一个无人有所隐瞒的社会，一个没有秘密的社会。人们对性的理解就像我们今天对同类相食的理解一样，性是一种野蛮粗暴的东西，是一种在人周围散布不幸、消耗人类的活动，包含了暴力、征服、无情和统治的元素。它会被视为一种价值体系的表达，在这种价值体系中，外在完全胜过内在，因此这违背了人们原本对人类价值的所有认知，它以人类活动各种陌生的享受为中心，对原有的认知具有过强的冲击，仿佛失控才是所有事情的目标，简言之，性成为一种颠覆性的活动，人们长期以来一直试图通过用规则和禁忌、羞耻心、委婉语和谎言来控制它，后来通过启蒙教育和新的受精方式，成功将其从人类身上移除。这些新社会中的人将抚摸互相的脸颊来鼓励彼此，他们会过得很好，但也仅限于此。

托马斯

托马斯的眼睛长在眼窝深处，呈杏仁状，眼距较宽，有一种淡淡的东方人的风格。他的脑袋有些秃了，鬓角和脖子上长了一圈毛发，下巴和嘴巴上留着短胡须，但脸颊上干干净净。所有的一切都让他与列宁非常相像，第一次见到他的人就会有这样的想法，但过后又会忘记。托马斯曾经告诉我，有一个星期天，他一大早在斯德哥尔摩街上散步，马路空无一人，只有他自己。一辆豪华轿车开了过来，停在他面前的十字路口。有一个男人从后座的窗户往外望去，托马斯认出了他，那个人是戈尔巴乔夫。当他们四目相对时，戈尔巴乔夫举手示意，然后豪华汽车再继续沿着空荡荡的街道行驶而去。托马斯在讲这个故事时，笑得很开心。或许戈尔巴乔夫在他身上看到了熟悉的东西，有那么一瞬间他以为站在人行道上的，是他的一位老朋友，或者他只是因为碰到了人才致意。托马斯是一名摄影师，但与大多数摄影师不同的是，他似乎对瞬间并不感兴趣，鲜少拍摄只会发生一次的事情，如果他拍了，这个瞬间所表达的东西，往往还有另一层内涵，某种能够持续的东西。是的，托马斯对时间的持续痴迷，而这种永恒性也以一种奇怪的方式融入了他的性格中，因为尽管他是在 1950 年代的斯德哥尔摩长大的，1960 年代他算是青年，1970 年代才刚成年，他和其他摄影师后来一起成名，但他几乎从不谈论过去，他感兴趣的永远是现在所发生的事。托马斯很随和，他的个性对别人要求不高，因此很容易被低估，至少在一堆艺术家中会这样，因为他说话从来不是为了吸引人注意，而是他确实有话要说。他的摄影作品有一种巨大的暗黑感，充满阴影、墙壁，他的性格中也有一些暗黑元素，但对别人来说却并不是负担，他的暗黑对他人没有任何要求，不会给社会增加任何东西，只会带走一些东西，带走他存在的一部分，有时完全消失，仿佛他去了别的什么地方一样。尽管他身上有某种与世隔绝的特质，但他从不会表现出孤独的感觉。我觉得，当他独自沉浸在尽是黑暗的处境中时，他其实是孤独的，而其他人则将他用力从孤独中拉出来，他如此全神贯注地沉浸在和朋友见面的瞬间里，仿佛那是他的归属。托马斯最大的遗憾是没有自己的孩子，我和他初相识的时候，我会很谨慎地谈论自己的孩子，害怕他受伤，但后来我明白了，他不会产生这样的联想，他会谈论我的孩子，会留意他们身上一些小小的细节，这些细节正是他们身上始终存在的本质。托马斯并非知识分子，他用自己的方式来认识这个世界，不依靠任何理论知识，这并不意味着他所创造的世界是开放的，反而以一种私人的方式封闭了起来。他所经营的世界，比如当他坐在我书房的沙发上大笑时，上唇下夹着的鼻烟让他看起来像一条龇牙咧嘴的狼，他保持着开放，就像一条从不积雪的道路，这给了他生命，而他内心的孤独、黑暗和死亡，则将他创造的世界封闭起来。这就是托马斯，他站在光里，用相机拍下自己投下的阴影。

火车

　　火车发出的第一个声音是一阵微弱的呼啸，与拂过树木的风声别无二致。紧接着附近人行横道的信号声响起，也很微弱，但可以想象两旁的路障慢慢降下，在铁路的两边各有一个，即便附近没人也是如此。我们正推着婴儿车出门散步，现在是冬天，天空是白色的，老旧的林间道路上覆盖着一层薄薄的细雪，稍有风吹过，就会在留着车辙的冰面上形成不同的图案。接着声音慢慢响了起来，沉重的车轮在轨道上移动时会发出更紧实的金属噪声，还有一种电子的嗡嗡声。女儿就快要一岁了，她坐在婴儿车里转过头来，身上裹着厚厚的红色连体服，戴着白帽子和白手套。火车穿过森林，不像1970年代服务于这块地区的那种老式、方正、笨重的车厢般发出轰鸣，而是轻快地呼啸而过，被雪的旋涡包围着。它滑过那条淡淡的曲线，下一刻就消失在了树林后面。很快，火车的奔腾声和风声混在一起，慢慢飘远。沿着林道继续往前走，我有些心神不宁，好像有什么不对劲。我花了几分钟才明白，原来是火车的缘故。火车要去一座别的城市，但我却没有。要说点道理来抑制内心的渴望并不难，因为我曾经坐过那辆去往马尔默的火车，从车外看，车厢里的光芒十分催眠，我看着窗外白雪皑皑的森林，感觉有些无聊，我渴望住在火车经过的那一栋栋陌生的房子里，除此之外我还有别的感受吗？当我沿着林间小路走在婴儿车旁时，我就知道这一点。但火车的象征力量比理智更强，它仿佛在全然不同的另一个地方运行着，那种吸引力难以抵挡。飞机不仅可以抵达别的地方，而且速度要快得多，但它没有火车这般的光环，汽车也一样。汽车的旅途太平凡太普通，和购物中心以及超市连接得太紧密，而飞机的航行太现实，你知道你会在短短几个小时内突然降落在伊斯坦布尔，除此之外你无法和这个地方产生联系。火车与此相反，它的旅途几乎像是渴望的一种表现，它慢慢地在风景中蜿蜒而过，永远不会为了任何承诺在某个地方逗留太久，从火车的窗户所看到的风景是不断变化着的，仿佛做梦一样。火车从来不是从"这里"到"那里"，它和渴望有某种共通之处，当它抵达了"那里"，那个"那里"便成了"这里"，本质上互不相识，却因此开始要面对一个新的"那里"。生活便是如此。

耶奥格

有些作家在你遇到他们本人前可能无法理解。耶奥格就是这种情况。我曾多次通过不同的报纸尝试采访他，每次他都会给我推荐一位据说有许多话可讲的别的同事，而他自己无话可说。他在许多人的眼中，在吾辈年轻没经验的人眼中，是我国最杰出的知识分子，最杰出的诗人。1960 年代，他的诗歌无人能出其右。直到我代表学生电台，某个非营利机构，来询问他一些问题时，他才答应。我们策划了一个庆典，让他上台朗读自己的诗作。我在学生中心外和他见了面，打算陪他走到活动的地方，洞穴酒吧。那是一个星期六的上午，一定是在秋天，我记得尼戈尔高地上空的蓝天和寒冷的空气。我之前见过他很多次，一个蓄着胡须的肥胖老人，衣着明显不雅，经常斜挎着一个袋子，沿着碎石小路往西德尼豪根走，或是经过学生中心，走到山坡另一侧的穆伦普利斯去，看起来好像走路有些困难的样子。他是一个传奇。他在卑尔根有一些信徒，这些人参加卑尔根大学的一个学术团体"修辞论坛"，称呼他为"耶奥格先生"或简单的"耶奥格"，沉浸在与他熟识或是亲密往来的荣耀里。他们反对浪漫，反对资本，反对报纸，反对小说，反对一切真实的想象。他们追求经典，追求冷酷的分析距离。他们是反歇斯底里的人，但他们对耶奥格的钦佩，隔着一点距离来看的话，就算不是歇斯底里，至少也是顶礼膜拜。我从来没去过那个论坛，它太像一个教派了，我想必须要知识渊博才能成为其中一员。这是一件美好的事情，全国最杰出的诗人开始隐退，不写诗，而是开始带一些北欧地区低水平的学生。人们可以仍旧看到他，心想，这就是耶奥格吧。所有人推崇他为一名伟大的诗人、出色的社会评论家，赞颂他已全面超越延斯·比约恩波，包括辩论等方面。此类种种身份或许都太优越了，以至于略显苍白无力，倒不如去给年轻人传道授业，把他们聚集在自己周围，讨论一些他认为有高度的事情。那个星期六我终于见到了他，出于尊重，他沿学生中心旁的山坡走下来。我看着他慢慢靠近，停下脚步后，我先做了自我介绍，然后互相握了握手。在那一刻，我才明白他是谁，或者他性格中最重要的东西。他有我见过最敏感的眼睛，眼里装满了悲伤，似能感受一切。在通往洞穴酒吧的下山路上，我有些怔住了，没法去想别的事情。一路上都是他在说话，一刻不停地说，人很和善，说的东西比较琐碎，我明白这是他比较胜任的交流方式。他与世界如此亲近，与他人如此亲近，以至于为了生存，他必须与所有事物和所有人都建立起一个恒定的、持续的距离。当我们下山时，这种距离便通过谈话产生了，尽管我想说，但那并不是我说话的场合，好像他被迫卷入了谈话的动作，一切都被动地卷了进去，然后又因为相应的强势力量结束了这场谈话。他的整套审美，以及对经典、理性、客观、枯燥异质、非感性、非敏感和极致平衡的强调，是他赖以生存的一种方式。他在外部寻找与内部相悖的事物，在动态的平衡中，这种做法并不罕见。我见过另一位挪威作家奥勒·罗伯特·松德的眼睛，他也极度敏感，我知道他的写作，仿佛通过望远镜的错误一端来观察这个世界，于是不寻常的东西就出现了，这就是最伟大文学的标志：超然的狂喜。

牙刷

　　家里的牙刷放在浴室的一个杯子里，刷柄朝上，有点像花瓶里的花，刷柄是花茎，而刷头则像一种花冠。但这两种事物给人的印象当然完全不同。插着鲜花的花瓶代表了生机勃勃，它们刚刚被剪下，还带着生命的湿润光泽，而且这份荣耀只有在花朵还新鲜时才能看到，而牙刷则与此无关，因为它是用塑料与合成纤维制成的，需要数百年才能降解。插着鲜花的花瓶给家里带来了墙外世界的自由与野性，而牙刷则是工业制造的产物，它们的领地就在室内，很少会离开浴室，而浴室又是屋子里最封闭的房间，牙刷是用来清洁口腔牙齿的，口腔又是另一个形式的房间。但当我看到镜子下方水槽上的牙刷杯时，我联想到的仍旧是花瓶，仿佛被颠倒与否定的美丽与自由的反面意象，它依然隐约兼具美丽与自由——颜色是合成绿色、合成蓝色或合成黄色；刷毛是合成的毛，坚硬而柔韧，拥有永远不变的无机白色；而自由，世界上有无穷无尽的牙刷，在无穷无尽的牙刷中，这把牙刷拥有一个任意的位置，这与单一朵花与无穷无尽的花海之间的关系没什么不同。屋子里的孩子们意识到这一点，因为他们会小心翼翼地维护自己所有物品的权利，不允许其他人擅自使用他们的东西，有时候还需要经过长时间的谈判才能获得这一权利，谈判时往往会产生强烈的情绪，尖叫、吼叫、流眼泪和恳求等，但即便如此，他们对牙刷的所有权还是漠不关心。如果给他们一把自己的牙刷，当牙刷放进杯子和其他牙刷混在一起时，他们的所有权感就会消失。傍晚到了，当他们走进浴室时，他们的肢体语言透露着不情愿的意思，因为他们不想睡觉，而刷牙则发出了明确的信号，它表示傍晚已经结束，黑夜在等待着，他们只是从杯子里拿出一把牙刷，粉色的、浅蓝色的、灰色的、白色的，什么颜色都可以，然后在刷毛上挤一点牙膏，随即开始用机械的动作刷牙，带着一些心不在焉，同时做点其他事情，比如照照镜子、摸摸头发、看看自己的脚，或是抓挠肚子、拧开水龙头等。我内心不太喜欢这样，这种分享带来的是不卫生、混乱、杂乱、紊乱、不健康的感觉。这感觉很像我以前在书里读到古代的农民家庭喝同一碗粥，或是所有人轮流喝同一碗啤酒的感觉。这种感觉其实不合理，因为作为一个家庭，不管怎么说我们住得很紧密，我们共用一个厕所，吃同样的食物，坐同一张沙发，用同一把梳子，擦手也用同一块毛巾，假如有人生病，很快就会传染给其他人。

然而，他们共用牙刷怎么就不对了呢？

我经常会用儿童保护处或社区福利处的眼光来审视我们家的生活。是不是太乱了？是不是很久没换床单了？他们是有多久没洗澡了？上次我气得用尽肺腑的力气喊叫，还抓住一个孩子的脖子，把她推进房间里去，究竟造成了多大的伤害？

我经常想象某个家庭生活权威代表站在我旁边观察家里发生的一切的样子。那人可能会用红墨水在笔记本上记录：头发很油，指甲很脏；为很小的事情会大发雷霆，克制不住脾气；有成员比较沉默，闷闷不乐，不爱交流；全家用同一把牙刷。这是寄养家庭吗？

在我的成长过程中，每个人都有各自的牙刷，大家不会搞混究竟是哪一把，完全不可能想象自己用别人的牙刷。我们有固定的洗澡日期，会用一张便条贴在墙上，据我的回忆，我是每周一和每周四洗澡。这些牙刷让我想起了四个在加油站闲逛的少女，还有向栅栏外张望的四匹马。牙刷首先和责任有关，或许比其他任何事情都重要，因为除了刷牙，人一生中还有什么令人不快的任务必须每天重复两次呢？此外，牙刷还和谎言有点关系。我记得，我第一次故意对父亲撒谎是一年冬天，仿佛在昨天一般，那会儿我十岁，撒谎的内容也是闻所未闻。当时他坐在厨房的椅子上做饭，他问我今天有没有刷过牙，我想了几秒后回答，我不记得了。其实我记得，我没刷牙，所以这就是撒谎了。他说为了保险起见，让我再刷一次。虽然照做了，但我发现了一件事，有些谎言是不会有被揭穿的风险的。从那以后，即便没有刷牙，我也可以说我已经刷过了。也是从那以后，我将不刷牙和自由联系在了一起。这就是为什么我的牙齿变色发黄，为什么我不愿露齿而总是抿嘴笑。没错，我有时甚至会在笑的时候用手捂住嘴。

"我"

　　将生命和非生命、活物和死物彻底区分开来的，或者说生命的特性，就是意志。一块石头没有意志，而一片草叶有。而将生命和非生命区分开来的意志，则是更多的生命。如果没有这种意志，最初的生命形式就会消亡，所以想要更多的生命的意志，一定从最初就开始存在，很可能是新生命的组成部分。当细胞聚集在一起，作为对更多生命渴望的另一种结果，它们必须协调，各部分之间必须有一种交流形式，并且从这些交流的信号或冲动中产生饥饿和疼痛的感觉，这两种肯定是生命最初的感受，进而会产生相关细胞之间的协调。这是"我"的意识的前提基础，介于欲望和满足之间、疼痛和回避之间的空间里，因为有些东西是我们渴望的，我们想要的，有些东西是会弄疼我们，而且是我们不想要的。究竟是什么呢？

一开始，这种"我"的感觉只是一种模糊的对内在和外在的范围感，对大多数生物来说现在依然如此。但我们所属的生命分支，与狗和猫，还有猴子和猪一样，在千百年里开辟了越来越多的感官通路和行动可能性，这需要越来越多的机体协调，从我们的大脑就可以看出，这一切都盘绕在进化皮层中，因此"我"的感受在不断发展，新的成分也不断增加。但最初的感受还在。通过简单的实验，也就是类似幻觉的实验，人们可以让大脑扩展出新的领域，欺骗它身体的边界超出实际，并让它产生这种认知。例如幻肢痛，即大脑继续感觉到已经不存在的身体部位，这可以理解为旧的神经通路被激活，因为这些神经通路确实存在，即使手臂或脚已经不在了。但要让大脑觉得身体边界外还有新的领域，是另一回事，这表明延伸的感觉仍然非常重要，也表明我们的身份所依赖的基础有多么原始和脆弱。

如果说延伸感是自我意识的首要感受，那么整体感则是第二感受。虽然疼痛感来自大脑进化最早的皮层，但对于自我的身份认同来说，重要的是疼痛并非来自一个更简单、更原始的地方，比如某种外部的、类似爬行动物的东西，而是作为我们这个整体的一部分，一个与我们相关的、当下的、有价值的部分。这种整体感对于有机体从单细胞转变为多细胞至关重要，并且从那时起，随着生命日益复杂的生物性发展，生命会牢牢抓住这种感觉。这种整体感无处可寻，无法追溯到身体的任何一个地方，即便它是大脑及大脑活动所产生的，但它仿佛属于整个身体，这就是让精神和物质、身体与灵魂产生区别的地方，因为整体感唯一不包含的，就是它本身。

在这种情况下，奇怪的是大脑最大的部分——大脑皮质，它实际上分为两个半球，每个半球都包含一套完整的身体感觉和运动技能的中心。在正常情况下，它们负责照顾身体的两侧，但如果一方受伤，另一方可以接管。两个半球通过所谓的脑束沟通，让神经纤维束通过。如果大脑皮层被破坏，神经纤维被切断，就会产生一个拥有两个独立大脑的有机体，每个大脑都有自己的意志。它们不会了解彼此，而是会试图控制整个身体。延伸感可能依然完好，但整体感不会，因为一个拥有两个意志的人将会出现，并随之出现两组"我"的感觉。这个人会不会觉得自己属于其中一个"我"，那个"我"才代表自己的灵魂，而另一个"我"则是陌生的呢？或者这个人会在两个"我"之间交替，先是这个，然后变成另一个？这种分裂是恐怖电影的常见主题，例如原型人物杰基尔和海德[1]，这种分裂说明了我们有多么依赖整体的感觉，对其他人来说更甚。有一个性格善变的朋友、爱人或孩子，会让人感到有些害怕。如果发生了这种情况，我们会把它定性为病态，称之为精神分裂症或躁郁症。在某些情况下，"我"会放弃或放松对其领域的控制，允许身体内的所有元素、整个灵魂进入随心所欲的状态。这是对"我"的工作的一种逃避，即将所有的情绪、冲动、思想和行动整合为一个连贯体，不论最初它们之间是否对立矛盾。这种自我的斗争，从婴儿断奶、打破和母亲的共生关系就开始了，一直持续到成年人的死去，或老人渐渐痴呆才放手结束，这场斗争实际上只是在构建一种叙事，一个灵活到足够容纳生命中的一切，同时也足够现实、简单，因此切实可行的故事。它也没有回避剽窃、欺骗、谎言和对那些显而易见的真理的否定：对于自我，一切都与生命有关。

1　出自《化身博士》，是文学史上首个双重人格形象，后成为心理学"双重人格"的代称。

原子

　　几个星期前的一个夜晚，我正坐在办公室旁边的房间里，看着墙边的斗橱。那是个棕色的斗橱，雕刻很精美，或许可以追溯到 19 世纪末。但它是用什么做成的呢？我思考着。很明显是木头，可能染了色，加上一些金属配件、螺丝和钉子。但木头、染色剂和金属又是什么构成的呢？我知道，是原子。无数微小的、肉眼看不见的粒子，它们的总和构成了这件有形的家具。

　　我起身用指关节敲了敲它，拉出抽屉，来回晃了晃。

　　这怎么可能呢？

　　如果原子的这种说法是正确的，那么原子怎么能以这种特殊的形式结合在一起呢？是什么控制了它们聚集的方式，使得手指的原子既能形成手指又能保留在原地，而塑料原子能形成塑料袋且停留在原地？而手指和塑料袋在材质上的差别又如何会这么大？一个有光泽，薄薄的，滑滑的；另一个是厚实的，外部柔软，内部则先软后硬，这是由什么决定的呢？

如果将塑料袋投入火里，它的原子会发生什么变化呢？塑料会融化，那原子会融化吗？当我的指甲根部被感染时，黄绿色感染部分的原子和手指的原子之间又有什么关系？在原子世界的深处，也就是单个粒子飘浮在相对而言空隙巨大的那个地方，又会发生什么变化？

我突然意识到我对这个世界一无所知，连我最接近的那部分都不了解。我不知道我看到的究竟是什么，也不知道为什么它会长这个样子，会有这样的属性。红色是什么？我不知道。光是什么？是光子，当然了，但光子又是什么？我们能否像炼金术师们曾经梦想的那样，让一种物质变成另一种物质？

我对我的无知毫无概念，没有预见，这一点让我感到恐慌。我登录亚马逊网站，搜索原子、粒子物理学、放射性、核能等关键词，订购了我能找到的所有关于这些主题的介绍性书籍。几天后书到了，我立即开始阅读。其中一本书说，句尾的一个点其实由一千亿个碳原子组成。如果我们想看到其中的一个碳原子，我们必须把这个句点放大到一百米长。如果我们还想再看原子里的电子，那么我们要把这个句点放大到一万公里长。

这意味着距离的相对性，邮箱中的电子与我面前桌子上的电子，它们之间的距离就像我和宇宙中的星星之间的距离一样远，这种相对性消除了所有维度的概念，因为又有谁知道宇宙有多大呢？宇宙可以非常小。它很可能存在于一个更大的宇宙中，比如一个形状如邮筒的宇宙。银河系也许是一张还未被取走的报纸上，一个句子里的逗号。时间的概念也是相对的，这里的四十亿年可以是那里的三分钟。向亚原子层面的物质运动和向无限时空的运动，都会让我们束手无策，从这一点来看，一神论的神似乎比科学更能解答物质存在之谜。心智之外的一切都置于上帝之下，毕竟上帝的名字不能提及，因为上帝也存在于语言之外，但却仍旧在我们之中，因为我们就是按照上帝的形象所创造的。这就存在一种关系，语言无所表达，当我们顺服于上帝时，我们就能感受到它，一种难以想象的深度的感觉，将我们与过去、现在和未来的一切联系起来。但已经学习过的无法变成未学习过的。我们现在生活在原子现实里，孤独地存在于这个世界中。

洛基

　　斯诺里写道，洛基非常英俊、狡猾，而且诡计多端。洛基并不是神，他属于巨人族，但作为奥丁的结拜兄弟，他得以留在诸神之中，并被视为其中的一员。洛基没有信徒，没有祭祀的场所，但他仍然是北欧神话中最重要的人物之一。他推动着事情的发生，通常会做一些没必要做或明令禁止的事情，搞搞破坏。最著名的事件是他酿成了巴德尔的死亡，从而引发一系列事件，最终导致诸神黄昏的世界末日。那件事始于巴德尔的一场梦，他梦见自己即将死去，而奥丁赶往冥界，想看看梦是否属实。当他得知，死亡确实在等待巴德尔时，他让所有活物保证绝不拿取巴德尔的性命，唯独槲寄生没有立誓。洛基将槲寄生交给巴德尔双目失明的弟弟霍德尔，弟弟在一场比赛中用槲寄生掷向巴德尔，并致其死亡。

死亡对诸神来说是陌生的，巴德尔的死让世界仿佛被撕裂了一般。但裂缝其实一直都存在，洛基就是裂缝，他来自外部的世界，来自乌特加德，那是一个未完成、未定义的混乱之地，他将这些带入了有序的众神世界，这种矛盾的特性似乎也适用于他的身体，当他化身为海豹、鲑鱼、飞鸟或母马，并以母马的形态诞下小马驹时，他不仅跨越了人类和动物形态的界限，还跨越了男人和女人、母亲和父亲等角色之间的界限。不朽的巴德尔之死是末日的开始，很快世界就将灭亡，所有的神明都会在伟大的终极一战中死去，太阳变成黑色，大地沉入海底，手足相残，狼群舔舐尸体，由死者的指甲所造的轮船松开船锚向外航行，掌舵的是洛基。所有这一切都在《埃达》这本诗歌中讲述，但诗歌对此的描绘笔墨很少，只是照亮了这宏大叙事的一小片角落。大多数作品中的洛基和其他角色一样，主要是行动的载体，身上的某些特质和他的名字有一定的关系。然而有一个绝妙的例外，当洛基踏上灯火通明的舞台，他心理的复杂性在神话故事里是普遍少见的。这一段诗叫作《洛基的吵骂[1]》，故事发生在巴德尔死后，诸神黄昏之前。众神聚在艾吉尔家举行盛宴，他是统治海洋的巨人。洛基起初和大家在一起，但其他人大加称赞艾吉尔的仆人费玛芬和埃尔德尔，洛基听不下去，他干脆干掉了费玛芬，被诸神赶走了。这首诗就是从洛基回来之后开始的。"接着洛基走进大厅，"上面写道，"但在场看到他进来的人们，都沉默了。"洛基对众人的沉寂毫不在意，只是略带轻蔑地问道，为什么大家沉默不语。他说，要么让他坐下，要么把他扔出去。他知道他们不能把他赶出去，知道他们只能选择容忍他，他所有的自信都来自这个事实。洛基是奥丁的结拜兄弟，没有人能阻止他坐在他们之中。大家都默认这一点。他是那个没人愿意了解的客人，讨厌又麻烦的人物，经常喝醉，却还要忍受，就因为他和在场的其他人有关，或者是某人的朋友，这一点大家都清楚。洛基做了一件令人发指的事情，然而现在他在众神中坐下来，仿佛什么都没发生过，他所感受到的敌意，看向他的目光中带着的仇恨和轻蔑，并

1　原文为 Loketretten。

没有让他感到羞耻或自责，恰恰相反，它们激起了他的斗志，让他又掀起了新一轮的攻击。他开始说他能想到的桌上每一个人最糟糕的事情，那些严令禁止而所有人都心知肚明的事情。他说伊敦和谋杀她亲哥哥的凶手上床，说布拉吉是众神中最懦弱的一个，说奥丁曾经假扮女巫施展巫术，用同性恋关系中指代被动一方的词来嘲讽奥丁，并使用了同一个词来取笑海姆达尔。他说芙蕾雅和在座所有人都睡过，说尼约德和自己的姐妹私通，生了一个儿子，对斯卡蒂挑衅说自己杀了她的父亲，而对弗丽嘉，也即巴德尔的母亲，他说："弗丽嘉，假如我当真全部告诉你我所知的，你再也休想见到巴德尔，骑马疾驰来到这处厅堂。"在这一连串真实却又令人不忍卒听的辱骂之后，雷神托尔来了，随着他的到来，现实主义暂停，神话的盛宴再度恢复。他将洛基逐出大厅，洛基仓皇逃走，在弗朗格瀑布变成了一条鲑鱼来躲避追击，但众神找到了他，并用他儿子的内脏做成一条绳索，将他捆在一条滴着毒液的蛇身下。洛基的妻子西格恩则捧着一个盆接着毒液，但每次毒液盛满，她必须离开去倾倒的时候，毒液就会滴在洛基身上，他剧烈地抽动身子，整个大地都在颤抖。据说这就是地震的来源。很难说这些事情具体发生在什么时候，因为神话的时代和历史中的时代不同，神话和历史无关，而且神话中的时间也是模棱两可的，过去、现在和未来好像并列在一起，尚未发生的事情和已经发生的事情一起，影响着正在发生的事情。但既然地震仍在发生，那么我们所在的时代必然是巴德尔死后的时代，但又在诸神黄昏之前。所以前所未闻的事情已经发生了，众神发现自己也终有一死，但后果尚未开始显现。天地间的不平衡仍旧是无形的，就像在冰裂出现前的那一刻，冰面是多么脆弱。

糖

糖是细小的白色晶体，碰到牙齿会嘎吱作响，在舌头上会融化，尽管它们的外表难以捉摸，但却充满了独特和令人向往的味道，这是最纯净的甜味，没错，就是甜味本身。当你知道糖的营养也会被血液迅速吸收，并为身体提供即刻能量，仿佛注入了新生力量时，就不会对家家户户都有一袋糖感到奇怪了。然而，近几十年来，人们与糖的关系发生了变化。它从一种相对中性的兴奋剂，变成了人们避之不及的东西。一公斤包装的糖虽然在厨房里随处可见，但它仿佛是那里唯一被污名化的物品。小麦粉、干酵母、燕麦片或发酵粉都不会引起任何不适，这些东西都不会被视为低质量生活的载体，因为不健康和不道德的东西，只有和糖有关。为什么？为什么像糖这么纯净、洁白、好到无条件的东西会在一夜之间受人质疑？

　　我在 1970 年代长大，那时候到处都是糖。对糖的使用没有或者说几乎没有限制，至少在我的成长环境中如此。早餐、午餐和晚餐面包片上的配料通常都以糖为基础：坚果、巧克力酱、巧克力、芭诺斯、圣代、果酱和糖浆。我过去喝茶要放三四勺糖，喝粥也放糖，煎饼上放糖，华夫饼也要糖。果汁里有糖，苏打水里有糖，蛋糕里有糖，小面包里有糖，口香糖里有糖，糖果里有糖。我记得，班级里好几个孩子带的三明治上会放糖，我的祖母和外祖父都会一边喝咖啡，一边吮一口方糖。就像汽油一样，糖在当时也被大量使用，现在汽油也跟糖一样，蒙上了罪恶的阴影。1970 年代是汽油和糖的十年，是淳朴消费和无罪消费的全盛时期，其原因明显植根于我们曾祖父母辈所生活的贫困年代，而父母辈则离开了那个年代。那个年代提倡节俭的文化，并非原则，而是不得不这么做，在这种文化中，糖提供了一种简单又廉价的乐趣。当财富来到这个国家时，它对事物的分类和对昂贵物品的推崇也一并来到这个国家，在金钱文化中，这意味着难以获得、既稀有又独特的东西，而汽油——像一股洪流涌进 1970 年代的贪婪机器[1]中，并被转化为原始的力量和速度——或糖，以其朴实无华的外形、唾手可得的便利度和平平无奇的吸引力，都无法在这文化中获得一席之地。而和糖一样的群众则在金钱文化中没有区别，只会被称为某种模糊和不露面的下层阶级。这类群众组织了自己的政党，这是 1970 到 1980 年代政治生活中唯一真正令人感到新鲜的事情。这场自称为进步党的党派运动，以降低汽油价格作为其斗争标语，这当然不是巧合，他们第一位成功的领导人卡尔·海根（Carl I. Hagen）也来自制糖业。因此，在社会知识分子和文化精英看来，进步党的政治和选民与糖及汽油属于同一性质，也就合乎逻辑了，他们都被认为是短期利益导向的群体，具有破坏性，不仅缺乏道德也不受欢迎。在进步党开始壮大的同时，汽油产业和制糖业开始真正融合起来，这同样也是合乎逻辑的。我想到了现在的加油站，进步党首次执政，加油站就像一座座沿着马路所建的宏伟的发光糖殿，

1　挪威是世界第三大石油出口国。

里面塞满了葡萄干面包、小麦面包、巧克力面包、焦糖面包、成箱的饮料和其他所有可以想象到的甜食美味。

致未出生女儿的一封信

1 月 29 日

　　1月29日。我待在赫尔辛堡医院的一个房间里，坐在窗边的椅子上。现在已经是夜里了，琳达睡在对面的床上，而你躺在我旁边的保温箱内，穿着白色的睡衣，戴着白色的睡帽，身上盖着小毯子，也在睡觉。你是昨天晚上出生的，一切都很顺利，虽然你提前了一个月出来。你很健康，体型匀称，没有马蹄足！护士和医生都仔细地检查了你的脚，没有任何问题。你出生后大概醒了一个小时，当我给你穿上睡衣时，你用黑色的小眼睛盯着我，而你的母亲则疲惫地躺在床上看着我们。我把你紧紧抱在怀里，一只手放在你的脖子和脑袋后面，另一只手放在你的身体后面，你的身体蜷缩着，小小的，我的手掌可以覆盖住你整个身体，感觉就像捧着一只小动物。感受到你身上的温暖，闻到你身上的气味，那感觉真好，就像那时候抱着你的哥哥姐姐一样，这让我感受到前所未有的快乐。从那以后，你大部分时间都在睡觉。我现在也要去睡觉了，躺在你的旁边睡。明天我去接你的三个哥哥姐姐，他们是头一回来看你。昨天夜里羊水破了，因为比预计早，而且我又必须在家照顾哥哥姐姐，琳达最后是被救护车接走的。她害怕地坐着等救护车，大概两点的时候，空荡荡的街道被路灯的黄光照亮，在路边积雪的映衬下闪闪发光。救护车在窗外滑过，轻轻地悄悄地到了，琳达穿上大羽绒服，我把快递打包好的行李递给她，她小心翼翼地慢慢地走向救护车。开车送孩子们上学后，我给琳达的母亲打了电话，她一到，我就开车去医院了。医生想第二天剖腹产，但当晚值班的助产士倒挺勇敢，她说服琳达自然分娩，因为她觉得没有理由不试试。很快琳达身上就缠了一条松紧带。房间是临床用的，里头设备齐全，床是可调节的，用金属制成，水槽前有一个自动消毒器，还有一个自动肥皂机。当宫缩变得频繁后，分娩就开始了，所有的一切都仿佛消失了。琳达跪着，上半身悬在床的一头，每次一宫缩，她就抓起一氧化二氮的面罩，深吸一口气。她不时对着面罩大喊大

172

叫，身体上似乎有波浪起伏，她仿佛在恍惚中进入了波浪的节奏里，这节奏将她带到一个充满疼痛、不适和黑暗的地方。哭声渐渐空洞，仿佛永不停歇，无始无终。吼叫声变得更暗黑，仿佛动物一般，带着强烈的痛苦和绝望，以至于我做的一切，无论是用双臂搂住她，用脸颊贴住她，还是在她的背上按摩，都只能在她心境深处的表面泛起微小无助的涟漪而已。她陷在某个不上不下的境地，在一个我永远无法到达的地方，我只能从外面观察，但这也改变了我的想法，那地方仿佛像一条隧道，两侧将物质世界溶入黑暗之中，最后是情绪强行渗透了进来，并接管了那条隧道，这就是我所感受到的。她侧躺着，呼吸不再均匀，剧痛消退时不再摘下面罩，而是躺着，用尽肺部的全部力量尖叫着，直到肺部没有了空气为止，然后她重新呼吸，再一次发出尖叫声，虽然一半的声音淹没在面罩中，但仍然具有穿透力，是我以前从未听过的。没过多久，你就滚落到床上，身体发紫，粗壮的脐带几乎完全变成了蓝色。你的脑袋扁扁的，闪着光，脸上布满了皱纹，眼睛闭着，就这么一动不动地躺着。我以为你死了。三个助产士冲了进来，他们揉着你滑溜溜的小身体，然后你发出了第一声尖叫。那是一声轻轻的叫唤，听起来更像是一只小羊的咩咩声。

直到那一刻之前，没有任何人也没有任何东西可以触碰你，你躺在另一个人的身体里，被水包围着，有几秒钟，你仿佛和世界断联了，仿佛死寂一般躺在床上，将自己封闭起来，没有呼吸，接着有一双手触碰了你，你吸入了第一口气，我想应当有一点痛苦，然后，世界涌入了你的身体。

二月

腔体

　　人类大部分的活动都和建一个腔体有关，也就是在原本空无一物的地方盖墙壁、铺地板，无论是大规模的如房屋、工厂、足球场，还是小一点的如马克杯、玻璃杯、盒子、罐头、箱子、包、水壶、罐头、水缸、花瓶、袋子、麻袋、塑料袋、桶。这些腔体用于储存或运输有生命的物体、一般物体或是液体。最大的腔体，房屋，通常是静止的，而较小的通常是可移动的，腔体的大小和功能可以分出很多层级，所以静态的房屋和移动的车辆之间也有别的腔体，例如大篷车、房车。大腔体很少是统一大小的，这种不统一构成了腔体内的复杂体系。由房子的四面墙、地板和天花板构成的房间，又会再次被墙壁、地板和天花板隔成小的房间，例如厨房，而厨房里又有新的腔体，例如橱柜，在橱柜中又会出现新的腔体，例如杯子。对于静止的腔体而言，通常情况越大，里面的分割就越细致，城堡要比小木屋细致，大型足球场比小型足球场细致，但移动的腔体则恰恰相反，它们的规律是，越小越精致，小杯子要比大杯子精致，大杯子则比水桶精致。房子里最精细的东西都存放在小首饰盒里。建造腔体的冲动和需求由来已久，并不只适用于人类。鸟儿筑巢，狐狸和獾还有熊会搭兽穴，水獭打洞，蚂蚁筑窝，有些蜜蜂住在空心的树干里，还有一些会筑巢，海鳗藏在珊瑚礁的洞穴里，有的甲壳类动物会钻进空贝壳保护自己柔软的身体。但除了人类以外，没有其他动物会使用活动的腔体。猴子可以把手做成碗的形状，用来舀水喝。但当它们把双手分开的那一刻，碗就不复存在了。人类学会创造活动的腔体，这意味着他们不再受制于某片土地，而是从中解放出来，为了喝水，他们不再需要待在水源地，而是可以把水放在罐子或皮囊里，随时随地，想喝就喝。但这种新的自由是一把双刃剑，因为过去他们在开放的环境中生存，现在却在封闭中过活，这种封闭完全主宰了我们的生活方式。现在大家都住在腔体里，如果我们走出家门，离开一个腔体，也只是为了进入另一个腔体，比如车里，汽车载着我们抵达第三个腔体，比如办公室，之后从那里开车进入超市，最后再辗转回到家里，每只手上都提着塑料的腔体，里面装满了包着食物的腔体，我们把这些东西塞进房子的某个腔体里，冰箱、橱柜等。没错，即使我们实现了离开地球的伟大梦想，我们也不过是待在一个比汽车大不了多少的太空舱里，从舱里拍摄到的地球图像像一个接近圆形的蓝色球体，这些上亿的腔体都小到看不见。但它们是存在的，它们对我们的影响比什么都大，因为就连我们思考的大脑也在一个腔体里，我们所做的所有猜想就像衣橱里排列好的衣服，裤子放在一列架子上，毛衣挂在另一列架子上，衬衫和裙子挂在一根从一面墙延伸到对面墙上的横杆上。

谈话

　　人际交流有一大部分是语言之外的。如果你记录一场谈话，写下所说的内容，你会发现上下文语境对内容有多么重要，内容本身是不完整的，带有犹豫、间隙、暗示等特征，而且常常处在无意义的边界上。这不仅是因为我们在说话的时候会用身体来补充一些语言，或在谈话中我们会专注于身体所表达的无言的内容，还因为谈话本身通常是和言语表达完全不相关的东西。一场谈话，内容具有明确的内在价值，既要有意义也要有趣，是很罕见的，所以人际交流的主要目的显然并不是这个。"看到外头要下雨了吗？"这是一句相当常见的对话，但因为每个人都能听见，也能看见，所以自然就显得没意义了。"是啊，你看到了吧。"这样的回答听起来也同样毫无意义。那么在下一句话之前，就会出现一个停顿。"据说明天会好一点。"我们知道这场对话发生的地点和时间、主导对话的人，以及谈话双方的关系，才能判断这场谈话的真正内容。它应该发生在一个大型别墅里，在一个通宵聚会后的早晨，客人们去附近的海滨小镇观光，这两人则选择留下来休息，放松一下，也许看了点书，也许彼此都不认识，但却置身在同一个房间里，他站在窗边望着窗外，绿油油的草坪上挂着亮晶晶的水珠，灰蒙蒙的天空低垂，密密麻麻的雨丝像微微飘动的窗帘，在他走进房间前，她一直坐在椅子上看书，但这时候她站起身，走到角落里的瓷砖壁炉边，添了几根圆木，一边听他说预报里明天天气更好，一边撕下贴在圆木上的报纸塞进壁炉里。这场关于下雨的语言交流是建立公共空间的一种方式，可以说他们并不算真正认识，但也不算完全陌生，因为他们有共同的朋友，而且同处一室。然后他们很快就会分道扬镳，谈话的内容和场景很快就会被遗忘。但如果在前一晚的聚会上，他们曾经四目相对过几次，没有任何言语的交换，只有四处游走的目光，那么刚才在客厅里的对话就会产生别的含义，她现在拿着一根火柴，在火柴盒的棱边上划一下，他则转过身看向她，即便她蹲在地上背朝着他，她也能注意到这个举动，她把火柴引向纸，火立刻生起来，细细的火苗开始燃烧。接着她把燃烧的火柴扔进壁炉，站起身，双手不自觉地在大腿上上下摩擦，抬眼正好对上他的目光，而他静静地笑着，捧起她垂在他这一侧的手，她接着说"但无论如何，这对农民有好处"，这将是一场他们都不愿结束的谈话，因为他们正在通过这场谈话认识彼此，如果真这样了，那她的那句"但无论如何，这对农民有好处"的回应，将成为他们两人建立这段关系的经典台词，这场初遇就将变成一个故事，他们会时不时地提醒彼此，也许还有孩子们，以此加强两人之间随着时间过去而不可避免地削弱的纽带，而那些纸面上看起来平淡无奇的对话，除了冷漠的表达，最终不会留下任何东西。

本地

今早醒来时，地上结满了霜，前几天下过雨，地上小小的雨水坑都结了冰，像玻璃一样躺在石板道上，镶了一圈白色的流苏边。太阳升起来后，地上闪闪发光，仿佛星星点点的宝石一般。寒冷持续了一整天，我开车去学校接孩子的路上经过了好多农地田野，全都变了样，被水淹没的景观好像把天地的色彩吸收了进去，在浓重的棕色间，露出一点枯黄和一点苍绿，慢慢变得越来越锐利和清晰，所有的稻草和树枝上都附了一层白霜，在清澈的蓝天下闪闪发光。在驶入这片田野前，我在花园里凝视着被无数星光穿透的黑暗，想起了每个人在一个繁星点点的冬夜眺望宇宙时会想到的事情。宇宙外有无数个太阳，其中有数十亿个围绕着行星在运行，某几个行星上应该有生命吧？思考宇宙通常是一个抽象的思维练习——想象一颗行星，它通常是从外部拍摄的，就像我们在太阳系行星的照片中看到的那样，似乎都悬挂在空旷的黑色空间内，形状和颜色同大理石表面的纹理无异。当我第一次看到在地面拍摄的行星照片时，我感到了震撼。那是在火星上拍的，照片上是一片砂石平原，一直延伸到远处耸立的一座山峰，浅灰色，就像秋天的某个早晨。是什么令我如此震惊？我突然意识到那是一个地点，一个像我驻足凝视天空、挂满霜冻的花园一样具体而真实的地点。我想这就是本地的感觉。一个地方的灵魂，罗马人称之为 genius loci，地方精神，也存在其中。也许这就是我们要想象宇宙的原因，那并不是什么抽象陌生的东西，不是眼花缭乱的数字和一望无际的距离，而是一种接近和熟悉的东西。风在昴宿星某个凸起的地方下刮出雪堆，空气中飘着旋转的雪粒，在微弱的月光下像面纱一样，峡谷里风声呼啸，近乎呜咽。波江座水委一[1]附近的沙漠平原上，有一栋屋子，门砰的一声关了起来，水委一是双子 α 星边界上的一个圆形湖泊。这些都是

---

[1]　波江座 α 星，是全天第九亮星。

美妙的想法。但如果那里有生命，和我们不一样的、完全凌驾于我们之上的生命，知道我们所不知道的事情，当他们来到这里，撞开宇宙的大门，那就是一件可怕的事情。我们所有的艺术，所有的科学，所有的哲学知识，没错，所有对自己和对世界的了解，都会在一夜之间变得毫无意义。在我写这篇文章的时候，我突然觉得宇宙曾经就是这样。在数百年前，人们相信在我们之外还有一种力量，他无所不知，掌控一切，而且他并非人类。在这种力量面前，人类显得微不足道，不值一提，没有效用，甚至毫无价值。没有人相信自己能理解这个奥秘，也没人会将人类生命作为自己奋斗的终极目标，艺术、科学和哲学的存在完全是为了服务这种更高的力量。他们的谦卑是无边无际的，无论谁宣称自己的价值，或其具体的人类价值，都会被烧死在火刑柱上。我不知道哪个更可怕：一个小小星球上的生物，崇拜自己和自己的世界，不相信无限的存在；还是因为相信无限的存在，不惜烧死自己的同类。

棉花棒

　　棉花棒是一支两端裹着棉花的小棒。它们有点像微型钻杆或是小型皮划艇。棉花棒最常用于清洁外耳，把一端插进耳朵，轻轻一扭，再拿出来的时候，黄褐色的耳垢已经粘在了白色的棉花上。然后再拿另一头给另一只耳朵做同样的事情。棉花棒也可以用来清洁新生儿的肚脐，在腐烂和恶臭的脐带脱落之前，将棉花棒蘸少量水以减少摩擦，并让水分充分溶解肚脐上的污垢。至少对我来说，棉花棒会给我带来一种淡淡的愉悦感，如果我碰巧在浴室的柜子里发现它，我总是会习惯性拿出一根来插进耳朵里。这种愉悦感并非来自触感，棉花头又钝又干，碰到耳内皮肤，经常会觉得有些不舒服，特别是不小心撞到耳膜的时候。颅骨内充斥的刮擦声也很难听。但如果耳朵里有许多耳垢，那这一切就不会发生，不会有干燥和震耳欲聋的感觉，或者可能将沉闷钝涩的感觉转变成黏腻感，让身体感到满足，把棉花头拿出来，看到上面覆盖着一层暗褐色坚韧的耳垢后，这种满足感更甚。为什么每次看到一盒棉花棒，都会产生这种小小的欲望，这个问题我不明白。但是去除耳垢的欲望和其他微不足道的小欲望类似，就像那些反复存在反复出现的欲望，例如剪或者剥脚指甲、挤黑头、拔掉手指或脚趾上的倒刺、清理感染的指甲根这类。有时我会产生一种期待，感觉有某件好事即将发生，但我却没法确切说出那到底是什么，直到一阵失望袭来：原来我觉得高兴的好事情，只不过是清理了耳朵里的耳垢。但我还是会清理，清理耳垢的时光是令人愉快的。虽然棉花棒很常见，几乎每个家庭都备着，但却很少有人提及。盒子上面也不会写使用说明，所以要用棉花棒只有自己动脑筋。在我写这篇文章的时候，我突然想起来，我从来没见过其他人用棉花棒，也没人和我说过它的用途，或者给我任何指示。也许它有什么不为人知的用途？或许我完全理解错了，所以在读到这篇文章的时候，你也许会笑话我。听呀！他竟然用棉花棒来剔耳垢！写点私密的东西总是具有危险性，很可能被嘲笑。对于一个作家来说，没什么比这更具威胁了。在浴室里，你可以锁上门，确保自己做私密事情的时候完全独处。就算做一些荒谬的事情也没关系，没人会知道。而给自己护理的好处之一——清除毛孔堵塞的污垢，拔掉鼻黏膜上最长的鼻毛，修剪眉毛——恰恰是没有人在观察或评判你，包括你自己，你可以完全放空地站在镜子前，气定神闲地打理自己。有可能人类终有一天被计算机和机器人打败，人工智能会发展出自我意志和自我意识，但绝不会发展出耳垢、棉签、鼻毛、鼻毛剪这种东西，只要情况一直如此，只要我们还是唯一能从修指甲这件事里获得平静的生命，我们就没事。

公鸡

　　今天上午我们开车前往本地的一家面包店，奥洛夫·维克多，去吃午饭。他们没有热食，但以优质面包闻名，玻璃柜台里放着几片面包，上面放着一些独特的配料：小龙虾尾堆成小山，厚厚的布里干酪片均匀地铺在各种蔬菜上。我想吃肉，便往前倾身看了看那些夹着肉的面包片上竖着的小牌子。肉的颜色很浅，可能是鸡肉或者火鸡肉，也可能是烤肉片。但是牌子上写着"公鸡"。这有点让我困扰，我直起身子，突然没有了胃口。为什么我不想吃公鸡肉？我对吃鸡肉一点问题也没有，吃母鸡的肉也可以，比如在自助柜台的那种鸡肉，但我本能地对公鸡有点抵触。后来我点了一份布里干酪，我们坐在几乎空荡荡的大厅里，很大，足以容纳夏天来到这里的成群结队的游客。我努力想思考点别的东西。窗外的田野上覆盖着一层薄薄的雪，雪下露出褐色的土地，就像裹着薄薄一层纱布的伤口。我想，一定是公鸡的身份太鲜明、太突出了。与身体低矮且几乎呈圆形的母鸡相比，公鸡的身体仿佛被拉长了，伸展时脖子也会拉长，仿佛是为了获得更好的视野，同时头部还会猛地转动，一会儿转向这里，一会儿转向那里，断断续续的。这给公鸡添加了某种高度紧张的意味，好像时时刻刻处于快要爆炸的边缘，这一定是公鸡在古代象征着警惕的原因。公鸡享有鸡舍的特权，每天夜里它可以栖息在最高处最好的栖木上，还可以让母鸡受孕，从而传递自己的基因。但这是有代价的，因为公鸡的任务也包括保护母鸡免受攻击，只有在这项任务中表现最强壮的公鸡，才能获得特权，小公鸡们长得膘肥体壮后，都需要挑战争夺这个位置。而斗鸡则是一件残酷血腥的事，公鸡的本质就是屠杀，当它攻击的时候，除了伤害和杀戮的欲望，没有别的东西。红色的鸡冠和武士头盔的羽毛有着相同的凯旋光辉，这或许也是头盔羽毛的灵感来源。在古代，公鸡也是好战的象征。鸡冠除了看起来像羽毛，还会拓宽后像头盔一样覆盖公鸡眼睛附近的头部，最后以两个袋状突起的样貌悬垂在公鸡的喙下。但是，虽然这些与人相似的属性会让人觉得公鸡难以食用，或至少不像其他肉类那样易于接受，但也并不是不能吃。在沿着沉睡的广阔田野开车回家时，我突然想到，公鸡身上还有某种阴间的东西。是什么阴间的东西？出自哪里？奥拉夫·H.豪格的一首诗与此有点关联。回到家后，我浏览了一下他诗集的目录。在里面找到一首"金鸡"，原文如下：

> 我早就死了。死在我的壳里，
> 像米克拉庄园的金鸡一样消失。
> 我活在地底下——听到咯咯声和回答声
> 并与之抗争；让我的灵魂保持疯狂。

诗中的金鸡是一个神秘的角色，让人联想到外在的华丽，甚至是庸俗的炫耀，但同时也让人联想到死亡和地底下的事物。米克拉庄园让我想起了维京人。第一句话也有似曾相识的感觉。"我早就死了"，这真是一个奇妙的句子，是挪威诗歌里最好的句子之一。但就在几周前，我在别处读到过这句话。我隐约地将其与维京人联系起来，找出了《埃达》。

在"巴德尔之死"这首诗里，我找到了这个句子。渥尔娃女巫说"我死了很长时间"。渥尔娃女巫住在死者的国度里，是奥丁将她唤醒，让她解释巴德尔的噩梦。在死亡国度，一场盛大的宴会已经备好，他们在等待巴德尔。豪格的这句话出自《埃达》，但里面没有公鸡。那么公鸡和阴间的联系从何而来？是豪格自己臆想的吗？我觉得不是这么回事，我继续翻阅，很快就完全沉浸在这古老而美丽的文字中。下午又一次开始下雪的时候，我找到了北欧公鸡，是在一首"女巫的预言"里，原文如下：

……在他上方的

绞刑架树上

红色的公鸡

名叫菲亚拉

在叫唤着。

金色鸡冠

唤醒了

海尔法尔花园中的

武士们；

另一个则在

地底深处打鸣，

是赫拉的大厅里

的灰红色公鸡。

难道是地下的公鸡，在地底深处打鸣的公鸡，阻止我在面包店买好吃的三明治吗？关于这问题，我永远也不得而知，冲动本身就鲜少会和思考相联系，厌恶感与其心理解释之间并不存在一致性。但不论如何，这种感觉一直都在，就像一个声音，一种更暗黑的东西所发出的和弦，仿佛就存在于"公鸡"这个鲜明的名词之下。辨别出那个和弦之后，随之而来的是另一个联想：我外祖母的妹妹，博格希尔·拉尔森，她住在约尔斯特的奥达尔地区的一栋小房子里，那里是她出生并长大的地方。有一次我们坐在她家的阳台上，眺望宽阔温和的约尔斯特湖，她告诉我，过去有人溺水时，人们会用公鸡来寻找尸体。他们把公鸡带上船，慢慢划过水面，在公鸡叫的地方停下来打捞死者。

鱼

当你站在一道光滑的岩坡上钓鱼，有鱼儿上钩，并且被你钓上来后，它会在岸上弹跳几分钟。令人惊讶的是，岩石的表面非常光滑，没有任何凸出的地方，没有粗糙棱纹或其他不规则的边缘和隆起，就像鱼的身体一样光滑。鱼从尾巴根部开始呈现略微弯曲的流线型，鱼肚子上侧部分朝着背部拱起，然后到鱼嘴的部分又向下倾斜，下侧则呈现出和上侧一样的升降曲线，这使得鱼的身体像椭圆一样闭合，与蛇与蟒之外陆生动物相比，鱼只有躯干。如果你生活在一条鱼的身体里，很难没有想要伸开双臂去触摸你所看到的东西的渴望，也很难避免做不到这件事时的绝望感。鱼并没那种欲望和那种绝望，它什么都不缺，它在海底滑行，身体像波浪一样运动，来寻找食物。这种无臂的生存方式，即用嘴抓取一切，比我们发展得更早，因此，手臂可以被视为一种附加物，一种配件，无论它们对陆地上的完整生活显得有多么重要，严格来说，它并不是必需的。当我们弯下身子，一只手拿着钩住鱼嘴的鱼钩，另一只手握住鱼身时，手臂的存在略显炫耀，鱼身光滑冰冷，但仍然充满生机和力量。当我们将鱼头砸向岩石，鱼便死了，这种活力在黑暗的爆炸中突然消失。

我在一座岛上长大，也便和岛上的生命联系在一起，那些我时不时看到的或者在学校学到的植物、树木、陆生动物和鸟类。獾、狐狸、乌鸦、云杉、桦树、麻雀、渡鸦、獐鹿、毒蛇、麋鹿、海鸥、白尾鹿、青蛙、风信子、蛇、栖树、橡树、松鼠、田螺、苔藓、野兔、松树。不是说周围大海里的生命被我遗忘了，而是它们并不属于我认同的、有归属感的世界，而是属于一个完全不同的世界，在另一边，就像星空，因为更近，反而显得更中性。让渔网的铅锤沉入水中，感受它坠入船底深处的感觉，突然失重撞到海底，然后再稍稍卷起，像一个探测器挂在空中，上面挂着一排金属鱼钩，让鱼儿跟着缓慢的海流节奏慢慢咬上，这感觉当然是令人兴奋的，但方式却有些机械——鱼儿会上钩吗？——和看足球比赛时渴望进球的感觉一样，这和繁星点点的美妙夜空没有半点关系。即便鱼儿咬上去了，也可以在船底的水中清楚看到，仿佛银色的闪光。直到十三岁那年的夏天，我才凭着凸显的洞察力突然意识到，群岛中的小岛实际上是山峰，而大海则是地貌，流向内陆，它覆盖着低地，在高地之间形成通道，让鱼儿在山间飞翔。这个想法突然把鱼拉进了这个世界，把鲭鱼等同于喜鹊，将鳕鱼等同于海狸，比目鱼等同于刺猬，鲆鱼等同于燕子。慢慢地，它们在山谷中游来游去，穿过水下森林，越过开阔的平原，到达高耸的山坡，其中一些，尤其是鳕鱼，喜欢在冬天停顿下来，而我的父亲就在它们上方几米处，把他的鱼饵抛到水面上，我是旁观者，海浪猛烈地冲撞着我们下方的岩石，空气中充满了海水咸咸的味道，强劲的海风又将它们卷向内陆。那天晚些时候我们回到家时，头发都被吹僵硬了，桶里装满了滑溜溜冷冰冰的鱼，尽管它们早就死了，但尾巴却还在拍打着。

靴子

这些年来，我大概有过三十双靴子——在成长的过程中，我们把所有类型的冬鞋都叫靴子——我整个冬天都穿着它们，有时候甚至要穿两个冬天，但我却几乎记不得任何一双。因为它们的使用如此频繁，如此熟悉，如此日常，仿佛消失在我的视线中，日常生活就好像一个区域，里面的所有东西都注定会被遗忘。此外，靴子也属于时代精神，这种人与人之间的无形联系，让他们创造出和彼此相似的东西，因为相似的东西比不同的东西更难看到也更难记住，就像阴影笼罩在我们大部分的东西和衣服上，只有最特别的才能被关注到。另一方面，这些可以在我们的意识里闪耀数十年之久。说到靴子，我记得很清楚我有一双从未拥有过的靴子。那就是所谓的"萨米靴"，那种靴子很高，紧贴腿部，用浅色皮革制成，靴尖向上翘起。至于我为什么如此渴望这种靴子，我不知道，但我记得我曾站在阿伦达尔鞋店的橱窗前，盯着期待的那双靴子。这种愿望可能出自当时播出的一部电视剧，讲述的是一个名叫安特的萨米族男孩，他对我和我认识的人都产生了巨大的影响。我妈妈织了一件我觉得有些类似萨米族人的毛衣，衣服下摆有开衩，所以正面和背面看起来很松散，有点像我看到过的美洲印第安人所穿的缠腰布，美洲印第安人是萨米族的毛衣和鞋子让我产生的第二个联想。有一次我穿着毛衣跑下山坡，朝房子奔去，我还记得那时候身上独特的"萨米人的感觉"，仿佛自己就是一个萨米族人或是印第安人，那种感觉让我欢呼雀跃。那一刻，虽然只持续了几秒钟，但却是我童年最深刻的记忆之一。迎面吹来的风，跑步时打在大腿和屁股上像缠腰布一样的衣襟，被我踩在脚下噼啪作响的碎石子，还有马路对面树林里飘荡的雾气。当我站在橱窗前，凝视着明亮的长筒靴时，我梦寐以求的大概就是这种感觉吧。靴子真漂亮。当时我认为，穿上漂亮的衣服、鞋子或靴子，会让我变得漂亮有精神，就像我现在所说的那样。直到几年后，这双靴子变成我打死也不愿再穿的东西，我才意识到，好看或漂亮并不是什么值得奋斗的事情。

在我实际拥有的所有靴子以及我梦想拥有的靴子中，还有一双是我记忆深刻的。倒并不是因为这靴子特别好看或者特别暖和。相反，这双靴子很旧，而且开裂了，那是我从我哥哥那里继承来的，上面有一个洞。靴子很薄，靴筒很低，侧面带拉链。虽然是黑色的靴子，但靴子尖头上的黑色表皮已经磨损，变得灰不溜秋。穿着这双靴子，我的袜子经常都是湿的，每次都会把脚冻僵。家里人不许我穿它去学校，所以我会把它们放在塑料袋塞进书包，一上公共汽车我就换上。我这么做是因为这双靴子有一个独特的地方。它的鞋底磨损得十分光滑，走在雪地上几乎没有任何摩擦力。那个冬天出现了一种新事物，它像瘟疫一样蔓延，在几周内主宰了我们在住宅区和学校操场上的活动。我们穿着靴子，代替滑雪板、塑料雪橇、脚镫、平底雪橇或木质雪橇，从最陡峭的斜坡上滑下来。那是大家伙儿最兴奋的活动。扫雪车来过之后，地上的雪有时候会像冰一样光滑，在路灯的照射下像镜子一样闪闪发光。即使是新靴子，鞋底有厚厚的螺纹，也能滑起来。如果雪地有些粗糙，那只有鞋底光滑没有螺纹的靴子才能滑。这使得我那双像卓别林一般的破旧靴子，产生了巨大的价值。有了它们，我几乎能在各种各样的斜坡上，在各种各样的条件下，滑起来，并且能达到极快的速度。我们很擅长这么滑，到了晚上，在昏黄的路灯下，可以看到三四个瘦弱的男孩穿着靴子呼啸而下，有的身体前倾，像下坡的滑雪者；有的直挺挺地站着，若无其事，好像他们在一个完全不同的环境下，比如，在十字路口和别人交谈；还有一些人摇摇晃晃，像行走的管道清洁工。但没人比我滑得更快，这多亏了我这双魔法的靴子，命运惊人地将它赐予了我。如果把当时作为孩子的我和现在的我等同起来，如果说孩子的幸福和成年男人的幸福具有同样的价值，那么那几个礼拜可能是我一生中最幸福的时间，因为那是我仅有的实现所有梦想的日子。

生活的感受

我们总是能体会一些东西，总是处于某种情绪中。但是，即使感受和情绪以如此基本的方式塑造了我们的存在，却没有人真正知道感受和情绪是什么，它们会在哪里出现，由什么组成，以及为什么会在那儿出现。通过实验，人们已经设法将某种类型的思想和思考活动定位到大脑的某个部分，但感受和情绪不是思想，它们没有特定的位置，它们更多是被思考出来的。感受和情绪显然和自我意识的那个部分无关，因为虽然它们在不断变化，但这是"我"可以观察到的东西，并且在某种程度上属于外在范畴。感受和情绪有时会完全占据一个人，用自己的色彩将其涂抹，诸如不受控的愤怒、狂喜又或是沮丧。但是，如果自我和感受及情绪并不相同，那么应该可以想象一个没有感觉的自我，也就是不处于某种特定情绪里的自我。但这种中立的自我是不存在的。每个人无时无刻不怀着某种感觉，某种心情。也许这种关系反映在我们谈论它的方式上，当我们说某个人兴奋或沮丧时，那么感受和情绪对自我的影响就和乐器的调音对音乐所产生的影响一样。乐器对应思想，音调对应感受和情绪，音乐对应自我，灵魂就是通过这般得以实现。所有将内在生命与外部现象和物体联系起来的类比，不仅将其简化了，也将它与时代联系在一起。例如17世纪时，人们将大脑视为一种机器或时钟，如今我们对大脑的概念则是一台计算机，具备了软件、硬件和内存。音乐是我所知的唯一一个和灵魂一样，源自某种技术和材料的事物，对于乐器来说，是琴弦、螺丝、管道和空腔、板和弓，对于灵魂来说，那就是神经纤维、膜、神经轴突和树突，没有这种物质起点的产物，我们就无法追溯其本质。绘制大脑的功能就像在车间里研究乐器制造的工作，需要分析木材的年代和产地、湿度和弹性，以及琴弦或胶水的化学成分，来解释交响乐。但当然了，它们之间相异大于相似，尤其是因为音乐是创作的，换言之是由意志塑造的，而每天流经我们内心的东西，我们所处的各种各样的情绪，却并非由意志所塑造，只是碰巧出现在我们身上而已。它与我们所经历和体验的东西、我们被创造的形象以及我们蜕变的模样相协调，也非任意出现，但仍在我们的控制范围之外。我并没有选择每天早上以沮丧的心情醒来，虽然我知道是什么导致的，我的内心在我身体周围彷徨，没有给外部世界足够的空间，但我对此就是无能为力。将世界拒之门外会影响感受和情绪，也代表着对人类存在的初始状态的扭曲，这我知道，因为我有孩子，我能看到世界是如何在他们的身上流淌，又因为我自己也曾是个孩童，我记得那种感觉，还因为在极少数情况下，我曾经历过内心的提升，感受过那种轻松愉悦，每一次都是因为对世界的深刻体验而产生的。艺术的体验也可以是强大的，它可以令人振奋，飘然若举，却又不会脱离维系之处——就像一根被风吹拂过的树枝，所有的叶子都在颤抖和闪烁，充满阳光的反射。体验世界的轻盈感是不同的，它不以特定的事物为中心，恰恰是不确定的轻盈，才能装进灵魂。那不是被风掠过的树枝，是风本身。亦不是树叶在反射阳光，是阳光本身。

J.

我最后一次见到 J. 是在几天前，当时我开车经过他家，看到他坐在靠墙的躺椅上睡觉，裹着一条羊毛毯子。他的嘴张着，体型很瘦，以至于从远处看，他那张着嘴的脑袋像一个死人的头盖骨。J. 一直是小个子，但他身上的力量无比强大，是我从来没有想到过的，直到最近的两三年，疾病使他的手指残疾，就像女巫的手指一样，让他弯腰驼背，而他的巨大能量也完全消失了。他看着就像一个躺在椅子上的包裹。或许现在 J. 最有特点的地方，就是时间以这种方式对他身体的蹂躏，却让他的灵魂得到了平静。他的脸上布满了皱纹，身形扭曲，仿佛海边的枯木，所有的狂风暴雨都迫使它们以最巴洛克式的角度生长，但他的灵魂似乎完全没有受到影响，还像他七岁时一样纯洁和涉世未深。现在，他六十六

岁了。他的眼神很俏皮，充满愉悦，但也有自我意识，因为
J.具有明显的自恋特质。然而，自我意识似乎并不适用于他
是谁这个问题，只适用于他在特定情况下的身份，因此自我
意识与他的魅力有关。几年前，他还没有这么瘦的时候，我
偶尔会在当地的餐馆见到他，当时他的形象有一些令人印
象深刻的地方，脸上蓄着浓密的胡须，线条深邃的脸像极了
《圣经》中某一位先知的表情。他的身材散发着威严感，但
略微狂野，是一个典型的任性男人，与年长的贝克特在照片
中散发出的老年人的野性并不完全相同。但当我停在他的桌
边，或者坐到他对面，他开始说话时，那张面目狰狞的脸似
乎并不真正属于他，而是他那双温柔的眼睛使用的一张面
具，将他孩子气的冲动表情印刻其中。我有过几次这样的感
受，因为我的外祖父和他有种同样的特质，我能认出来一部
分，但终究还是不太一样。当支撑我外祖父的尊严的东西破
裂的时候，我曾在他脸上瞥见过，但在J.的性格中，显然没
有这种凝聚的元素。是什么将他拼合在一起呢？J.像对待孩
子一样对待每个人，因为他自己就像个孩子，也从来没人纠
正过这一点，他自己也没让人有机会纠正过，毕竟J.一生都

是一个备受赞誉的人。

　　一年后，我被邀请参加他花园里的一个聚会。那是一个春天，夕阳的余晖洒在草坪的桌子上，也洒在桌边盛装的人们身上。我带着我的大女儿，她当时八岁，对于见到主人十分激动，因为我跟她讲过 J. 的事。但他不在现场。两个男子端着食物放在桌子上，原先已经摆了几瓶啤酒、葡萄酒和软饮。其中一个大声说，J. 很快就会出来，让我们先开动，不必拘束。大家也没有客气。"他什么时候来？"女儿在吃饭的时候问了好几次。J. 什么时候来？

　　后来他终于出现了，那两个端菜的男人扶着他，女儿睁大了眼睛。他瘦小衰败的身体上套着一件白衣，宽大的外套几乎遮到他的膝盖，像是印度王公的衣服。他白色的胸前佩着一枚醒目的勋章，那是国王授予他，用于表彰他的功绩。他的嘴上留着窄窄的小胡子，一副墨镜遮住了他的眼睛，头发齐齐地向后梳。他停下脚步，两个男人退到一边。他挺起胸膛看着大家，像极了一位南美的独裁者。说了几句话后，他就在我们的餐桌旁坐下。其中一位男子给他倒了一杯伏特加，他接过后豪饮一大口，呼吸沉重。在接下来的半小时里，他不断地谈论自己的事。女儿的目光一直停留在他身上。终于，她鼓起勇气提了一个问题。他倾身向她，仿佛周围一切都不存在，请她复述一遍刚才的问题，全神贯注地看着，眼里似乎只有她一个人，就这样两人交谈了十分钟。

她被迷住了。她甚至还没听过他唱歌呢。那是 J. 最突出的特质，任何人都不会相信这般洪亮的嗓音竟来自如此瘦弱的身躯。是什么造就了他现在的样子，把他引入现在的境地，竟然能张大着嘴靠在他庄严的房子的墙边，披着二月寒冷的阳光，显然正在死去。

公共汽车

已经下了两天的雪，听说今天早上校车取消了。雪层很薄，取消校车的安排似乎有些不合理，这样孩子们必须待在家了。我心想，真是典型的瑞典做法。我还记得有一次在马尔默，因为暴风雪即将来临，政府要求人们待在室内，除非必要，否则不要外出。暴风雨终于来了之后，我带着孩子走到外头，穿过空荡荡的街道，风吹拂着我们的头发，掀翻了一些路牌。其实没有危险，只是有点风，当局的指示显得有些歇斯底里。而现在，几厘米厚的新雪，他们都不敢开车送孩子上学。我在电话里和盖尔说了这件事，原以为我俩可以一起嘲笑瑞典，但他却认为这事情和谨慎或怯懦无关，而是和经济有关。"他们是省钱，所有公交车都没装防滑链，你没发现吗？"这我确实没注意到。我已经差不多好多年没想到防滑链这件事了。现在突然又想起来，那是 1970 年代的现象，大街小巷回荡着优美且富有节奏的叮当声。下雪的时候，所有的公共汽车、卡车和小汽车的车轮上都会绑上金属链条。公共汽车就像盒子一样，几乎不具备今天所说的空气动力学曲线，让人联想到船和翱翔在车流上方的游轮们。内部也截然不同。今天的公共汽车拥有舒适的座椅和精致的内饰，通常是深色，营造一种客厅的感觉，而当时的公共汽车，其内部空间更接近外屋或棚屋。如今的公交车很安静，当时的公交车满身都是发动机传来的嗡嗡声，仿佛一切都在颤抖，地板、窗户、座椅。当我们肩上晃着背包，从风雪肆虐的外面抢上车时，仿佛进入了一个装配车间。像雪这么简单的东西居然可以阻止这个像带了轮子的工厂车间一样的盒子，简直令人难以置信。雪确实会让车在斜坡上放慢速度，但也仅此而已。1970 年代是最后一个强劲的十年，至于接下来的几十年为何不断微调，很难说清，但可能就这么简单，那些 1970 年代苍白娇弱的灵魂坐在座椅上，凝视着外面的雪景，梦想着远离雷鸣般的机器、摇晃的座椅和淘气的男孩们。所谓淘气的男孩，他们会在这样的雪天里，先去商店外面混一个下午，当司机进站让他们上车后，他们便弯着腰背对车的方向坐在车上，牢牢握住保险杠。当车驶出停靠站，重新上路滑行后，他们则开始比赛谁能在车后面挂最久。如果公共汽车够宽敞，车后可以容纳四五个挤在一起的男孩。他们一个个挂在车上，头探到主路，接着挨个跳下车，和伞兵在飞机上跳伞的节奏别无二致，先慢慢减速，最后死命刹车，几秒钟后落到地面纹丝不动。可能先笑笑，然后蹦两下，再寻找下一辆可以继续挂在后面的机动车。那些当时无法参与这类游戏的人，以及那些对铲雪机的粗暴噪音和外形感到焦虑的人，这些像钟表一样精巧优雅的梦想家，其数量之多远远超出了任何人的想象。

习惯

出于某种原因，作家经常被问及他们有什么日常行程和习惯，比如他们什么时候起床，什么时候开始写作，是手写还是在电脑上写，在写作过程中是否有他们离不开的东西。很难说是什么引起了人们对作家这一角色日常生活的兴趣，但肯定有某种特质吸引他们，因为这种情况不会发生在其他类似的职业中。也许这和每个人都能阅读写作有关，同时大众对作家的身份有些崇拜，而这两者之间有一道鸿沟，难以理解却必须弥合。或许，这和写作是一件自愿的事情有关，一直在写作的人可以停笔，这对上班族来说是难以想象的，这可能会令人费解或吸引人。小时候，我怀着极大的兴趣阅读了此类型的作家访谈。我觉得，我并不是追求某种写作方法，而是想寻获成为作家的路。我所寻觅的是一种模式，一种共同点，到底是什么让作家成为作家？现在我知道，所有的作家都是业余的，也许他们唯一的共同点就是他们不知道如何写一部小说、短篇小说或诗歌。这种根本的不确定性产生了习惯的需求，这些习惯只不过是一个框架，一个围绕着不可预测之事的脚手架。孩子们需要熟悉感，必须在生活中做一些重复的事情，但又不能是内在的，需要和外部发生的现实有关，至少要让他们提前知道周围发生的一些事。这种重复对于我们来说，不像大多数其他生物那样与生俱来，而是必须在意志行为中创造和维持，这也许是动物和人类之间最重要的区别。像狗这样的动物，被带离自然环境，再被放置到新环境后，是不具备应对突发情况的能力的，它们只能陷入疯狂的重复或其他的强迫行为中。如果习惯的力量够大，那么孩子们也会以类似的方式对不可预测之事做出反应，同时流露出焦虑、攻击性和反社会的情绪。但丁写道，没有人能像动物一样通过自己的感受和行为来理解另一个人，这就是上帝赐予我们语言的原因。换句话说，是为了让差异变得可见，并让它们变得可以预测和具有功能性，从而让社交成为可能。但如果重复这种差异，那么差异就会变成相似，走向自己的对立面。这就让语言变得危险狡诈起来，它听命于两个主人，而这正是文学存在的原因。这就是为什么只有不会写作的人才能写作。因为如果让习惯进入文学，而不是存放于文学之外，那它就不再是文学，而只是生活的另一副脚手架罢了。

大脑

　　成年人的大脑重量超过一公斤，由两个对称的半球组成，由一条纵向狭缝隔开，像极了大核桃，表面盘绕在一起，充满褶皱和凹陷。大脑和核桃一样的地方还在于，两者都被包裹在一个像盒子一样的坚硬的圆形外壳内。但核桃又干又皱，毫无生气，大脑内部则是湿润且充满液体的，因此在这一点上更接近贝壳，它和贝壳一样，内在由柔软且充满活力的部分组成。当然，这两者有显著的区别，大脑的外壳本身就能形成一个单元，本身就是一个生物，而大脑只是一个更大的整体，即人体的一个器官，大脑通过许多神经纤维分支与人体相连。但是，如果一个人能够将大脑从颅骨盒中取出，并松开从大脑向下延伸到所有身体部位的线条，那么大脑就会像一个单独的生物，而且与陆地生物无关，因为它没有腿和胳膊，会更接近海洋生物。神经纤维像面纱一样悬在后面，这样大脑看上去和水母没有什么不同。它与这些生活在日光无法到达的地方的生物有共同的灰白色调，而且都没有眼睛。在这种情况下，人们可以想象这些生物会进化出小嘴，可能在前额叶下，还有一个基础的消化系统，柔软纤细的肠子穿过层层褶皱，下面或许还有一个小小的胃。由于这些生物相对分量重一些，而且很紧凑，既没有水母的柔软物质，也没有有弹性的圆盘形状，它们一定会在海底寻找水流运动的地方，那里的水流足以让浮游生物和磷虾或其他小型海洋生物从它们身边漂过，靠小嘴或者是细长的神经纤维可以追得上这些猎物，而其中的电流可以击晕稍大的生物，又或许它们已经学会了移动，这样猎物就可以被带到嘴边。不难想象这种类型的大脑像卵石一样一动不动地躺在海床上，大约一百个或一百五十个聚集在一起，神经的面纱在它们上面来回飘动。当水流强劲时，外缘的某个物质会时不时松开，然后慢慢漂走，像皮球一样漂浮在水中，然后沉入新的地方。它们的想法很难说，但是可以合理地假设它们会继续开发所有大脑都有的佛教潜力。它们会培养出世界是一个幻觉的洞察力，寻找思想之间的空间，就像在虚空之处安息一样，随着时间的推移，这种空虚会慢慢增加，直至最后除了空虚，几乎别无他物。滑入这片虚空之处的思想苍白又模糊，不再被认作是想法了，当它们充斥着这块虚空之处后，大脑就会像迷雾中的路灯一样闪烁着梦幻般的光芒。这也是鱼的思想形式，它们并不知道，因为它们不会以其他方式去思考，而是让自己被那些最初看着小小的，之后慢慢长大的闪光点填满，光点聚成苍白的光芒，在填满后开始褪色。接下来的空虚，它们也不会反思，只是会对之后的光明有一种淡淡浅浅的期待，仿佛是一种余波，直到余波也消失，它们仍旧一动不动地躺在黑暗深处，什么都不去想。

性

在我成长的过程中，有两个关于性的故事。一个来自色情杂志，从十岁起就开始在住宅区玩耍的男孩之间流传，在那个年代，性是秘密的、被禁止的、肮脏的，几乎等同于犯罪，但同时又很诱人，因为所有的界限被取消了，我们能够瞥见到一个完全享乐主义的世界，与我们认识的世界大相径庭，让人难以置信，同时我们慢慢意识到，这个世界就存在于我们身边，在我们的父母和老师，在那些在商店工作的人以及开公共汽车的人，还有在我们电视上看到的人以及收音机所听到的人中间。另一个关于性的故事正好相反，它关乎爱情，关乎人和人之间的相恋、结婚、生子。这类故事也以各种形式存在于我们身边，存在于书籍、电影、杂志、漫画中，也存在于我们父母生活的可见部分中。这两个故事是如此不同，以至于即便它们说的是同一件事，也根本无法合二为一。在我成长的时候，这种不相容性主导了我与性的关系，并一直影响我至今。从孩提时代起，我就将女性视为高贵而高不可攀的存在，既仰慕又觊觎这个充满美感的女性世界，从这个世界的衣服，所有的细节和细微的差别，到暧昧的笑容，时而炙热地挑逗，时而冷漠疏离，从纤细的手腕到圆润柔软的形体，比如翘臀和隆起的乳房，再到利落优雅的动作。我想要这一切，我想沉溺其中。但是因为我先看到所有女孩，然后才看到比我更有价值甚至完全超越我的女人，所以我没有办法进入她们的世界。我唯一可以与之交谈的女孩和后来的女人，我对她们的尊重并没有高出我对自己的尊重，她们并没有特别吸引我，我也并不渴望得到她们。如果某个深夜，出乎一切意料之外，我成功地与一位我仰慕和向往的女性独处，我的沉默和我对这次邂逅赋予的近乎全面的重视，会让我的眼中闪烁着狂热和绝望的光芒，它们是如此令人不快，以至于除了消失在街道上、楼梯上、房间里的脚步声外，不会产生任何别的结果。在极少数情况下，当后续真正发生时，在多年的幻想之后，我的欲望是如此强烈，几乎立刻就高潮了，所以我从来没有达成我想要的情景，让自己沉湎于乳房和大腿、臀部和湿润的峡谷。早泄是幼稚男人的标志，但它也与焦虑和对女性的恐惧有关，至少在我身上是这样。有一次，当我爱的女孩也爱上了我，我们在一起后，我很害怕做这件我唯一想做的事情，所以我告诉她，我认为我们应该在上床之前更好地了解彼此。她看起来很迷惑，但还是同意了。几个星期过去了，我一直怀揣着恐惧。我对女人有一种恐惧，我害怕我有所欠缺，做得不够好。具有讽刺意味的是，正是这种恐惧使一个人表现得不够好，因为女人渴望男子气概，至少从我的经验来看，女性渴望独立自主、掌控主权的男性。但是当你将有关爱的叙述和有关享乐主义、无止境的性的叙述融合在一起，就会逐渐产生其他阻碍，因为这种性爱需要距离，如果你在一段关系中，每天和彼此生活在一起，那么这种关系的本质就会让你们的距离越来越小，让你们越靠越近，这就是我们所说的爱情，爱得越深，就越难将其与性相协调，除非一个人能够把它变成一种游戏，假装和你睡在一起的人对你并没有什么意义。我现在突然意识到，也许这就是爱的终极意义。

方恩

　　在北欧神话中，方恩是一个神，是托雷、米尤尔和德里瓦的姐妹，是雪神的女儿，雪神又是尤库尔的儿子。当我们知道"方恩"是北欧语中对大块状积雪的名称，"托雷"代表白霜，"米尤尔"代表鹅毛大雪，"德里瓦"代表飘雪，而"尤库尔"代表冰的时候，一个完全自成一体的现实世界浮现了，因为通过这些名字，人们不仅可以瞥见一个冰冷的、白雪皑皑的世界，而且还相信这个世界的不同侧面，代表着不同的力量。拟人与命名之间的界限很模糊，因为即使我们不相信暴风雪是一种超自然力量，它仍然代表了一个独立的自然状态，能够创造一个属于自己的空间，并产生特定的情绪或色调，而通过名字，这一切都勾勒出来，组合在一起，这样我们不仅可以在它出现时，将其视为一种独立事物，而且还能在它消失的时候呼唤它。噢，暴雪，飘雪和雨夹雪！噢，暴风雪、雪泥和地壳！噢，湿雪，噢，粉状雪，噢，可爱的深雪堆！即使在我长大的住宅区，铺了新的马路，盖起了房屋和花园，雪天的所有变化仍旧会在生活和风景中留下印记，有时候完全成为主宰。有一个冬天尤其令我印象深刻，因为大雪纷飞，日复一日，大块大块湿漉漉的雪花从灰暗沉重的天空中降下。路边黑漆漆的大树一动不动，树干在湿气中闪闪发光，雪花纷纷扬扬，落在草坪、车道和屋顶上，落在道路、住宅区和田野上，落在浮动码头上、桥梁和海峡上，落得到处都是，密密麻麻，空气几乎都要变成白色了。天气变得更冷了，雪变得更干、更轻，它时而在风中旋转，时而沿着地面扫过，你可以看到风通常沿着哪条路走，可以看到它沿着砖墙向上堆积，然后又被带入露营车和房屋之间的空地上，它从那边的森林里冲出来，又以新的力量冲上狭窄海湾上方冰雪覆盖的空地，直到遇到对面的山峰，又一次被逼迫向上。当风定雪停，风景就完全变了。马路上长出了墙壁，某些地方，扫雪车留下高高的雪堆，道路看起来就像沟壑。森林的地面焕然一新，洁白柔软，遮住了所有的凹凸不平。在山脚下，所有的高地，无论是房屋的外墙、外露的岩石、被连根拔起的树木，还是陡峭的溪岸，积雪都堆得高高的，某些地方有几米深。你能用它们来做什么呢？不如跳进去。跳雪活动在住宅区像野火一样蔓延开来。我们从能见到的每个雪堆里跳下来，起初有些犹豫，就像面对新的潜水地点刚开始会犹豫，因为没人知道水是否足够深，然后就充满了热切和自信。一开始是一两米的高度，然后是三米、四米，甚至从五米的高度开始，最疯狂的可能要六米——当你还是一个孩子的时候，高度的感觉是完全不同的，一块岩石看起来就像一座山，森林里的一块空地就像平原，车库像是机库——但无论如何，生活很少比那时候更加令人兴奋和充满可能，我们爬上屋顶往下跳，爬上岩石往下跳，爬上树往下跳。世界变得开阔起来，其中蕴含着奇妙的新机遇，因为人类本不应该在森林的空中飞翔。那时只有孩子才追寻这奇妙的瞬间——我从未见过一个成年人挣扎着爬上屋顶或是悬空的某处跳入雪堆的画面——当时似乎很奇怪，但现在不同了，如今我已成年，就不再会有这样的情绪。对新事物的开放，对跳跃以及它所承诺的自由，我已不再期盼。不仅因为幼稚，毕竟如果被邻居看见我从屋顶上跳下来，我一定会觉得很羞愧；还因为习惯、静止和束缚三位，仿佛我的老友，熟悉之外，我还知道从它们身上我能获得什么，比起新鲜、坠落和自由，它们更重要。

消失点

　　我坐在靠窗的写字桌前，从窗外可以望到我们住的这栋房子。几分钟前，有一个男人走过台阶，停在门前敲了敲。尽管我猜对方是物流公司的工作人员，但平时除了孩子朋友的父母外，确实很少有人来拜访，所以我总觉得有些不安。我站起来，走出去叫住了他。他有一头红金色的头发，下巴宽宽的，眼神看着像是明白现在的状况，但似乎不太在意。"克璐斯高？"他问。我点点头。"有一个包裹给你的。"他说。我跟着他走到房子后面，那儿停着一辆卡车，他钻进几乎空空如也的后备箱，拿出一个和卡车比例极不协调的小盒子递给我。我用手指在他递过来的便携式设备上签了名，回到屋子后，我就听到车门砰的一声，然后是引擎的发动声。之后，我便坐下来思考。所有沿着人行道或穿过草坪来到这里的人，都不是无名氏，他们不是随便的某个人，虽然他们到这里来经常只是代表各自的职业，通常是货运司机，也有水管工、电工、木工，偶尔还有卖彩票的人。虽然我之前从没见过他们，对他们的情况一无所知，甚至不知道姓甚名谁，但他们都是特定的人，有着特定的性格，和其他所有人都不同，他们在一进入我的视野时就展露了自己的身份。他们抬头的样子，走路的方式，内心的节奏，还有脸上散发的光芒，都是确定的。对我们自己来说，我们永远都是我们自己，但对别人来说，我们是逐渐出现的某种事物，伴随着我们一起出现后又消失的事物。人类有一个消失点，我们在那里进出，对其他人而言，那是我们从确定到不确定，又从不确定到确定的一个地带。这个不确定的人，没有面孔也没有性格，生活在受限的模式中，为统计数据提供样本。每年死于交通事故的人，每年夏天淹死在大海、湖泊与河流里的人，每年一月清晨穿过地铁闸机的人数都大致相同，即使那场特定的交通事故、特定的溺水事件、特定的某次地铁之行，都只是一系列个人的决定。如果一个早晨，你从十七楼的公寓眺望郊区，你能看到所有人，这些黑色的、如蚂蚁般的生物，是如何按照一个无人掌管的节奏、沿着相同的马路和小径行动的。首先是上班的人流，然后是白天在这个区域活动的人，老人和推着婴儿车的父母，生病请假的人，他们的行动更加零散，在一天的工作结束后，又能看见新的人潮。这些行动很容易用计算机模拟出来，变量非常少，因为无论我们在回家路上走过冰冷的水面时在想什么，无论我们在低头凝视聚拢的雪堆时有多么独特的想法，我们的行动都是同步的，完全可以被预见，因为我们从来都属于一个更宏大的运动，如同巨大鸟群中的一只鸟，鸟群突然在空中同步盘旋，那一瞬间就像一只遮天巨手，在向你挥舞。

1970 年代

　　有时候我会告诉孩子们关于 1970 年代的事。那会儿有很多东西都不存在。没有互联网，没有手机，没有 iPad，没有 Mac，没有 ATM 也没有信用卡。没有能自动滑落的车窗，或是可以远距离开门关门的车钥匙。能看到和你打电话的人的脸，在那时候是科幻小说中的常备元素，也许是那时候的人们所能想象到的最具未来感的画面。但孩子们开始厌倦我说的这类故事，因为它们的寓意很明显：以前，即使是最小的事情你也必须努力，比如要听某种类型的音乐或是去银行取钱，没有任何事情是轻松得来或免费的，这意味着一切事物的价值都更高。在我说话时，孩子们听到的唯一一件事，就是以前什么都好。他们的父亲坐在驾驶座上，和他们说以前一切都多么好，而现在一切有多糟，埋怨孩子们被宠坏了，几乎不动手，说着他们有多么幸运。也就是说，在这种心态下，"幸运"变成了它自己的对立面：当这位经验丰富又无比热爱 1970 年代的父亲说，现在的人日子轻松，可真是幸运时，他口中的幸运其实是不幸运，他认为只有日子过得更艰难的人才是幸运。以这种方式贬低孩子的生活和生活方式，其实不可取。无论如何，孩子们永远无法体会 1970 年代，所以他们会尽其所能去反击。他们称呼我为老男人，把我在车里放的歌称作石器时代的音乐。他们说，爸爸，没有人再喜欢摇滚乐了。当我说 1970 年代的人也生活在现代时，他们纷纷摇头，表示不同意我这说法，只有他们才是现代人。他们有这样的想法并不奇怪，毕竟他们距离 1970 年代和我距离 1930 年代一样遥远。对我而言，那便是农民党、维德昆·基斯林、齐柏林飞艇、鲱鱼禁捕、大萧条、福特 T 型车、柏林奥运会这些东西。我从没听爸爸妈妈夸过 1950 年代，也就是他们长大的那个时代，他们并不怀旧，相反，我觉得他们很高兴能把那段时光抛在脑后。这就是我喜欢 1970 年代的原因，它包含一部分过去，比如在餐馆吃饭是一件很美妙的事，而且除了路边的餐馆，外面几乎没有什么地方可以堂食；那时的娱乐节目是可疑的，必须得到电视台和广播台的配额；晾晒干草的架子在乡下随处可见。它也包含一部分未来，技术已然就位，只是还属于初级版本，电话要与电缆网络进行物理连接，电视机和收音机都像是大木箱子，火箭也不比汽车先进多少，庞大笨重，仿佛不愿意从地面起飞，下面装着一个巨大的火球，然后缓慢加速，在1970年代清澈蔚蓝的天空中越升越高，而宇航员则像乘坐大众甲壳虫一样，被绑在太空舱里。1970年代的向往，无非是对未来的向往，因为它在那时就存在，谁都知道一切都会改变，但现在已经不存在了，一切都已经变了。我相信所有的文化时代都以这两种模式为特征，未来的存在和未来的缺席。奇怪的是，文化似乎在努力走向未来的缺席，好像当所有的渴望都已实现，这才是文化的最高境界。但事实并非如此，因为此时渴望转向了过去，就像第一次世界大战爆发之前，那是一场无人期待也没人想要的战争，由无人看到的力量所驱动，却以极其残酷的方式，一次又一次地为新未来的出现扫清了道路。

篝火

除了早春的野火和夏天的大火堆以外，在我成长的地方看不到什么篝火，而在我现在居住的地方，也看不到多少篝火。为什么会这样，我不知道，在美感上能和篝火媲美的现象太少了——闪电可以，但闪电是无法控制的，这和火是恰恰相反的，火是随时随地可以被召唤出来的，只需要一点木头或一些纸、一盒火柴或打火机就够了，火焰很快就会出现。也许这与火已经不起任何作用有关，现在房子都用炉子加热，我们和庇护所之间的距离也鲜少会相隔很远，不必像过去那样生火取暖。我们也不需要去烧垃圾和废物，现在垃圾都分类回收了，不需要毁灭，仍要烧毁的东西都会在回收站的大型焚烧炉里完成，现在被称为垃圾填埋场。在我外祖父母还在世的时候，我们去探望过他们的小农场，这个农场不超过 20 英亩，只能养三头牛、一头小牛和几只鸡，经常生火。那个地方位于房子和谷仓之间，就在一个小浆果灌木覆盖的土堆下面。灰烬呈灰白色，摸起来异常光滑柔软，几乎像面粉一样。有时能在地上看到烧焦的木头，像海滩上的沉船一样突出，质地很硬，两头有许多小孔，可以用指甲刮掉一层层木皮，颜色同黑夜一般，这是未燃烧的木头所达不到的。那里偶尔还有锡罐，虽然它们可能会被烟灰弄脏，但似乎完全没有受到烧毁了其他所有垃圾的大火的摧残。那儿记载着我童年最清晰的记忆。田野上覆盖着一层薄薄的雪，间或露出棕色的土壤，天空是灰白色的，周围的风景一动不动，就像冬天一样。外祖父站在火炉前，穿着他一直不离身的蓝色工作服和棕色靴子，头上戴着短檐的黑色帽子。他一定是刚刚把最后一批垃圾扔到火里，因为他完全不动，而摇曳的黄色火焰在他面前延伸了大约半米，算是简单画面中出现的唯一的动作。我总觉得火是一种独立存在的生物，独立于它所产生的物质，而且天性善变，因为它可以在某一刻弯下腰扭起来，四处飘动，好像在愤怒，又好像有什么烦恼，而下一刻它就站直身子伸向天空，仿佛与自己和平相处。当我现在想起这段记忆，在熊熊燃烧的火光前，小小的人影笔直地站在静止的风景中，那一刻我所想的其实是时间。时间是如何以不同的速度流逝的，就好像它是由岩层组成的一样，外祖父已经去世二十年了，他在时间飞速流逝的地层中，房子另一边山上的云杉树，它所在的是另一个速度稍慢的地层，而这座山则存在于一个速度更慢的地层中。至于那场大火，它是最短暂的，因为它在那天晚些时候就消失了，它在时间的最内层，那里的时间是静止的，一切都始终如一。这就是火，它永远不变，当我们点火时，我们所召唤的便是这种永恒，永恒让它变得如此美丽，也如此可怖。站在火的面前，如同站在深渊的面前。

手术

我们的一个女儿，小的时候有点心不在焉，几乎从来都不会留意我们的话，因为她看起来并不笨，我想可能是因为她性格里有一些梦幻般的内向，而且她在别的方面都很活泼开朗。但几个月前，孩子们去卫生站做听力测试，结果发现她的听力明显下降。所以我之前观察到的迟钝，并不是她注意力不集中的原因，真正的原因是她听不清楚我们说的话……我想我从来没有这么内疚过。幸运的是，可以通过手术来治疗。经过检查，她的鼓膜内有积液，喉咙里有一块大息肉，这两者都可以通过不甚复杂的方式移除。他们可以切除息肉，然后通过在鼓膜里插管来排出液体。昨天我和她一起去了医院，一大早就到了，在候诊室坐了一会儿。她用我的手机拍下了我们的号码牌，她带着可爱的小兔子单独坐在沙发旁。在我们离开前，她的一只手腕上贴了麻醉剂，有时候她会抓挠自己，对皮肤完全麻木无感表现出惊讶。我们被护士叫起来，跟着她走进了一间双人病房，两张床中间用屏风隔开，我们还要再等一会儿。护士要求她脱掉衣服，穿上白色的褂子，我拿到的则是一件类似雨衣的衣服和一顶塑料帽子。护士一边聊天，一边取下贴的药剂，然后将一个喷嘴状的盒子戳进她的手臂里，并解释说这药是让她入睡的。接着就没人管我们了，没过多久，一个小男孩被抬到床上。隔着屏风，我们听见他哇哇大哭和女人安慰他的声音。我看着女儿，问她是否害怕。她摇摇头，把兔子压在胸前。她说，我长大后想当一名护士。我说，这是一份不错的工作。半小时后护士来接我们时，男孩正在睡觉，女人则坐在他旁边的椅子上玩手机。在手术室里，一个应该是麻醉师的女人弯下身子，她一边解释操作，一边将管子连接到女儿手臂的喷嘴上。很快她就会因为药物进入体内而慢慢入睡，她的手会感到轻微的压力，但不会有任何伤害。她问兔子是不是真的能带进来，护士默许后，她说她长大以后也想成为一名护士。下一刻，她脑袋搁在枕头上，仰头看着头顶的灯，两只眼珠同时向上滑动，只露出眼白的部分。诡异的是，她的意识仿佛被抽走了，就像松散的零件从机身的洞里钻了出来。他们和我说，你可以出去等着，带上兔子好了，这样上面就不会沾血了，她不会发现的。我拿着兔子出去，坐在窗下的椅子上，兔子就放在腿上。没多久，护士把她推了出来。她的身体仍处于麻醉状态，眼睛虽闭着，但身体在颤抖，眼角流着眼泪，胸前白色的衣服上还有血迹。我从未见过如此可怕的画面。护士说，半小时后她会醒的，然后把床推到我旁边。一切都进行得很顺利。我在她颤抖的小身体旁坐了半个小时，等她逐步苏醒过来。她坐起来，感到既困惑又害怕，仿佛还在睡梦中。她用手摸了摸自己。我把兔子放在她的小手前，立即被她用力按在胸上。我问，你感觉怎么样？她看了看我便哭了。我说，躺下来休息一下。她躺下后，又睡着了。下一次她醒来的时候，状态和往常一样，只是显得有些迟钝，但人倒是更精神了。护士带来了冰淇淋，尽管她说肚子有点痛，但并没有拒绝。又过了半小时后，因为恢复得不错，我们就回家了。她的脸色有些苍白，坐在车里很安静，一路乖乖地穿过了所有的走廊，走到停车场上了车。回家时我中途开到雷格蒙特那儿的大型玩具店，让她挑一个自己喜欢的玩具。最后她选了一栋住着兔子一家的塑料小屋。准备付钱的时候，她突然捂住嘴巴，然后弯着腰小跑出了商店。我从刷卡器里抽出卡，把塑料小屋装进塑料袋，匆匆赶过去。她站在车身前往前倾，吐在了柏油路上。当我把手伸给她的时候，她吐完了。她直起身子，我看着地上的呕吐物，是深红色的。她说，是血吗？我说，看起来像。她又问，危险吗？我说，应该不危险，一定是你做手术的时候吞下去的。感觉好点了吗？她说，嗯，现在好了！当我们掉头上路时，她感觉自己有些发烧，吃过蓝莓后又吐了一回，这下吐的全是蓝色。我说："吐了还不算，你还吐在了车里白色的地方，这下永远都弄不干净了，你清楚吧。"她笑着回答："我没有。"我继续说："那你和我说，你为什么要跑到车上吐？就不能跑到门外的柏油路上吐吗？"她的回复是："不知道，我觉得吐这里可能更安全一些。"

窨井

　　窨井盖外形呈圆圆扁扁的形状，铁锈褐色，上面印着浮雕和铭文一般的图案，遍布所有城镇，至少在西方是这样。这意味着它们在尽可能以最好的方式发挥其功能，并找到了它们的最终形式，因为即便是建筑和发明物，也都要遵循达尔文的适者生存法则。通常我不会注意到它们，但例如当前面的汽车为躲避窨井盖，绕了一个小弧线行驶时，那我就会注意到。我明白司机有点迷信，这类的强迫症很常见，他们觉得如果不幸踩到或是压过窨井盖，会给自己带来不幸。但我倾向于窨井富有罗马人的特色。罗马人确定了一种结合了他们的建筑和发明的城市模式，并在每一个城镇都复制了这种模式，不仅仅是为了像虚荣的文明那样留下自己的印记——在某些方面罗马人也这样做了——更直接的原因是，它们被证明是最实用的。我想到了排水渠、马路、城墙、浴室、剧院、马戏团、露营地和行政大楼。有一种观点认为，窨井都是相同的，在路上随处可见，就像罗马帝国的另外一些元素一样。但这种想法是肤浅的，而且逻辑推理过于简单。当你打开窨井，就会发生其他事情。我清楚记得第一次亲眼见证窨井内部构造的时候。那是在我儿时住过的房子外面的马路上。放学回家时，一辆来自市政府的汽车停在路边，有两个人在那里作业。生锈的井盖躺在窨井旁的柏油路上，底部不平整，像是压在什么东西上面，大概是为了装上的时候容易拿起。我记得大家都轮流试过掀开盖子，也许我之所以印象深刻，是因为井盖比看起来沉得多，有着完全不合理的分量，手感也和预期相距甚远。令人感到兴奋和可怕的是，人们总希望这个世界是可预测的，相对于它的大小厚度，窨井盖可怕的重量让人毛骨悚然。

盖子一直都盖在窨井上，而现在却出现了一个洞。洞口很黑，约有两三米深，墙上有金属台阶。那两人具体在做什么，我不知道，但我记得其中一人爬下了洞口，直到他消失不见，我才瞥见井盖下的东西。那儿有一条低窄的走廊，接近隧道的样式，从地面向下延伸，水流会顺着这条隧道淌下去。

这就是窨井全部的秘密。它的内部既因此暴露，也就不再是秘密了，至于它的神秘性，也便不复存在。但事实恰恰相反，窨井的神秘性有增无减，因为它打开了地下世界，在我每天在厨房吃饭时从窗户看到的、我们每天在其中跑来跑去玩耍的平凡世界中，道路下面有这么一条通道，这感觉非常奇妙。

我依旧会被地下的一切所吸引。数公里长的医院走廊，你突然从一个地方降下，然后从另一个完全不同的地方升上去，也许那地方离医院本身很远，比如停运的地铁线路、地下墓穴、度假村的洞穴系统、冷战时期浩大的地下防御工事，以及大城市的秘密防空洞和掩体。我认为，尽管地下领域很容易对人产生一种灵魂的引力，能将灵魂拉回它原有的或是曾经的模样，但与其说是精神力量，不如说是陌生感所产生的吸引力。不，可能实际更简单，最重要的是，它可能是关于可见与不可见之间、所知与未知之间的动态展示。我们对世界了解得越深刻，我们所不知道的事物仿佛就越多。

每一条隧道、每一个洞穴、每一块地下空间都在证实我们一直以来的感受，原来没有什么能止于亲眼所见。

窗户

　　房屋最重要的功能之一是中和天气，创造一个风刮不到、雨雪不及、不受气温升高和降低影响的地方。最理想的情况是，冬天的室温和夏天一样，实际上冬天的室外会降到零下，而到了夏天，又会上升到三十度。因此，房屋创造的这个地方，我们称之为"里面"，一直都在和各种元素做斗争。墙壁很厚，风无法穿透，只能沿着墙壁向上游走，触碰不到屋里的任何东西，而且墙壁是隔热的，这样暖空气就不会渗出，而在长达半年的冬天里，暖空气是非常受欢迎的。屋顶上覆盖着防水材料，做成斜面，所有的水都会流向边缘，流入环绕着整栋房子的水槽，然后顺着垂直的排水管流向地面，排水管通常在每个角落都会安装一个。房子的弱点在于窗户，它比墙壁的结构要精细得多，因为窗户更薄，所使用的材料也更加易碎，比如玻璃。窗户一般镶嵌在支架一样的木框里，木框本身也比墙壁使用的木材要薄得多。与墙壁不同，窗户可以被打破，对房子来说这是一场灾难，因为那时风、雨和冷空气都会涌进来，窗户的老化速度也更快，比如可能会漏风，把冷空气放进来。那么，既然窗户会使原本坚固的建筑物变得脆弱易损，为什么还要在房子里安装窗户呢？并不是如人们所想的那样，为了调节空气，在室内空气变得浑浊或是烹饪气味太重时，打开窗户让新鲜空气进来。因为如果只是为了透气，在墙壁上开个舱口就可以了，材料厚度都可以同墙壁保持一致，这很容易。房子的舱门是用玻璃做的，住在里面的人可以看到外面。这意味着"里面"并不是一个完全明确的范畴，否则房子应该有几米厚的坚固砖墙，表面完整无损，也有可能挖在地下，或是建在山体开凿的洞穴里。这种绝对和明确的"里面"是不可取的，尽管这么做在中和天气方面很有优势。当我们在"里面"时，我们还要能同时看到"外面"。可以想象，这种心态实则是一种控制欲，我们需要看到谁在靠近自己的房子，以防他们有敌意。但事实又好似并非如此，因为每到晚上我们都会用东西遮住窗户，而敌人极有可能在黑暗的掩护下靠近，我们却要在这个时候确保看不到外面。此外，"里面"也会因其他方式被"外面"渗透。例如，在房子里开辟小型环境种植花草是很常见的事，也就是花盆，这时我们会尽可能模拟"外面"的环境，让植物在不适合生长的室内成长起来。但这是在高度控制的条件下发生的，像是一个更大的"里面"中的"里面"，给花草提供了"外面"，或者反过来说，在一个花盆里，代表着"外面"的水和土壤，实际上被盆壁拦住，被留在了"里面"。如果没有这些额外的墙壁，没有人会在室内种植花草或蔬菜，比如我们不会在地板上的土堆里种花；与此相反的是，所有因为某些原因进入室内的土壤、鹅卵石、沙子、草叶、松针和树叶，都是多余的，会被立刻清除。同样的原理也适用于水。洒在地板或桌子上的水，即自由形态下存在于外的水，我们会马上擦干，水只能通过容器或管道进入室内，因此水也在房子的"里面"当中拥有自己的"里面"。这是因为，水和土壤、植物和树叶，它们都具有外部世界的力量和动态，即便只有少量，也会对"里面"造成破坏。墙壁沾上一点湿气，就会慢慢发霉、腐烂、解体，有风吹过之后，更多的湿气渗透进来，如果任由这种情况继续下去，经年累月之后，房子就会倒塌。它的有机元素会降解为土壤，花草树木会在土壤上生根发芽，这样一来，它的矿物元素最终也会消失，消失在森林里，沉入泥土中。尽管如此，我们并没有将自己封闭在密不透风的室内，将外界的一切隔绝在"外面"，甚至是视线之外。这是因为我们本来就属于"外面"，大自然不仅提供水和地上生长的植物来养活我们，而且我们本身也是水构成的，是地球上生长的生命。我们对静止、不变和中和的追求，是对这一切的否定，这是所有人内心深处都清楚也都能感知的道理。所以窗户所提供的开放空间，不仅面向"外面"，也是面向我们"里面"的"外面"，是我们离不开的存在实体。实际上，面对这些"里面"和"外面"，我们内心非常矛盾，这一点尤其体现在棺材上。棺材是我们最后的居所，是我们抵御风雨的最后一道屏障，也是我们最后的"里面"。它在很大程度上否定了我们的真实本性，但也没有完全否定：如果是那样的话，棺材也会有窗户。

This translation has been published with the financial support of NORLA

著作权合同登记图字：09-2023-0894

图书在版编目（CIP）数据

在冬天 / (挪威) 卡尔·奥韦·克瑙斯高著；沈赟璐译 . -- 上海：上海三联书店，2024.1

ISBN 978-7-5426-8307-6

Ⅰ . ①在… Ⅱ . ①卡… ②沈… Ⅲ . ①散文集－挪威－现代 Ⅳ . ① I533.65

中国国家版本馆 CIP 数据核字 (2023) 第 229190 号

在冬天

［挪威］卡尔·奥韦·克瑙斯高 著　　沈赟璐 译

责任编辑 / 苗苏以
策划编辑 / 李恒嘉
特约编辑 / 闫柳君
装帧设计 / 马志方
责任校对 / 王凌霄
责任印制 / 姚　军

出版发行 / 上海三联书店
（ 200030 ）上海市漕溪北路331号A座6楼
邮购电话 / 021-22895540
印　　刷 / 山东韵杰文化科技有限公司

版　次 / 2024 年 1 月第 1 版
印　次 / 2024 年 1 月第 1 次印刷
开　本 / 850mm×1168mm　1/32
字　数 / 138千字
印　张 / 8.25
书　号 / ISBN 978-7-5426-8307-6/I·1848
定　价 / 75.00元

如发现印装质量问题，影响阅读，请与印刷厂联系：0533-8510898

理想国 | 克瑙斯高作品

已出版

《我的奋斗 1：父亲的葬礼》

《我的奋斗 2：恋爱中的男人》

《我的奋斗 3：童年岛屿》

《我的奋斗 4：在黑暗中舞蹈》

《我的奋斗 5：雨必将落下》

《我的奋斗 6：终曲》

《在秋天》

《在冬天》

即将出版

《在春天》

《在夏天》

《晨星》

《小画面，大渴望》